Buster Keaton (

Eduard Jo

CW01648027

DIRECTOR DE LA COLECCIÓN: Juan Ignacio Ferreras.

CONSEJO EDITORIAL: Manuel Vázquez Montalbán, Juan Madrid, J.M. Briones, Isabel Matilla, Antonio J. Huerga, Fernando Martínez Laínez y Bonifacio Cadierno.

TÍTULOS

1. BUSTER KEATON ESTÁ AQUÍ, por Eduard José.
2. LA INTENTONA DEL DRAGÓN, por Fernando Martínez Laínez.
3. EL MÉTODO FLOWERS, por Pgarcía.
4. LOS CRÍMENES DEL SANTO NIÑO JESÚS DE PRAGA, por J. Ignacio Ferreras.
5. BAR BABILONIA, por Julián Ibáñez.
6. DELIRIOS Y CUENTOS DE TERROR Y MISERIA, por J. Manuel Briones.
7. LOS AMIGOS MUERTOS, por Marcos Suárez.
8. ENCIÉNDELO OTRA VEZ, MUÑECA, por Blanca Álvarez.
9. CHILOTES CON ISABEL II, por Manuel Cabrera.
10. ESTIGMA, por Manuel Quinto.
11. TESIS MORTAL, por Raúl Herrero.
12. LOS COMUNICADOS DEL LOBO, por Manuel Blanco Chivite.

Eduard José

BUSTER KEATON ESTÁ AQUÍ

Ediciones Libertarias

Diseño, *Huerga y Fierro, editores*

© *Eduard José*
© *Ediciones Libertarias, S.L.*
C/ Rafael de Riego, 28, 4º Izq.
28045 Madrid-España
Telf.: 91/467 63 61
Fax: 91/467 63 99

I.S.B.N.: 84-7683-138-2
Depósito Legal: M-41.978-1991
Impreso en España/Printed and made in Spain

Por supuesto,
a Joseph Francis Keaton

Estamos peor que en la época del cine mudo.
B.K.

NOTA: Los datos sobre la vida y la obra de Keaton que aparecen en esta novela son ciertos. Los muertos, no.

UNO

Que un cliente, antes de contratar mis servicios, se interese por mi profesionalidad, mi sentido de la discreción y mi honestidad natural, es algo que no puede sorprenderme demasiado. De hecho, yo también tomaría esas precauciones si estuviese en el caso de dicho cliente. Es lógico, pues, que todo el mundo tenga derecho a informarse sobre mi gestión previa en el campo de la investigación privada.

Que ese mismo supuesto cliente tenga curiosidad por saber cómo consigo reunir el humor necesario para continuar con este trabajo de locos, ya no es algo tan frecuente. Aunque, a veces, ha sucedido.

Que alguien me pregunte casi a bocajarro si me gusta el cine, como condición indispensable para contratarme, entra de lleno en el terreno de las hipótesis absurdas. Mejor dicho, *entraba*, hasta que una mañana de octubre me llamó Néstor Domínguez a mi despacho y me hizo esa misma pregunta:

—Señor Blasco, ¿a usted le gusta el cine?

—¿Cómo dice? —yo me había quedado estupefacto, claro.

—Que si le gusta el cine —repitió.

—Más que comer —respondí.

—Fantástico. Eso me habían dicho.

—¿Puedo preguntarle quién se lo había...?

—Está claro que nos entenderemos —me cortó—. ¿Puede venir a verme?

—¿Ahora?

—Si es posible, sí. Es urgente.

—¿Debo entender que desea usted ofrecerme un servicio? —se me escurrió un calcetín hacia el tobillo, por falta de goma elástica en su extremo.

—Sí, pero hablaremos en mi despacho. ¿Le parece bien dentro de media hora?

¡Cómo no me iba a parecer bien! Mis arcas estaban a cero, las paredes de mi cueva de Pelayo necesitaban una mano de Titanlux con urgente desesperación y los calcetines se me escurrían, de puro decrépitos, por falta de dinero para comprar un par de repuesto. A pesar de tan paupérrimas expectativas, engolé un tanto la voz para que no se advirtiera mi ansiedad y solté la mentira más tipificada dentro de la profesión de detective privado:

—Bien, si es tan urgente... veré de hacerle un *hueco.*

Lo del «hueco» fue definitivo y el muy crédulo hasta me dio las gracias por el interés que le demostraba. Así que tomé nota de la dirección de su despacho y nos despedimos hasta dentro de nada.

Allá voy, pichón.

El asunto del calcetín escurrido lo pude solventar con una goma elástica del ocho, color rosa. No me gusta demasiado este recurso: dicen los expertos que dichas gomas pueden cortar la circulación sanguínea de la pierna. Pero los viejos sabuesos somos así: amamos el peligro hasta perecer en él.

Antes de abandonar el despacho, eché un vistazo por la ventana que daba a Pelayo: abajo, en la calle, el personal de a pie todavía no se decidía por el uso de la chaqueta y las camisas de manga larga menudeaban en una y otra acera. Estábamos a finales de octubre y el termómetro marcaba veintidos grados de temperatura. Algún mandamás de los servicios meteorológicos debía estar de guasa.

Cerré los postigos, deslicé el gradulux poco a poco, para que soltar la menor cantidad de polvo, cerré el negocio y salí hacia la escalera. En el rellano de planta baja, la señora Roser lanzaba el aliento sobre el cromado inexistente del pomo de la barandilla. En la mano libre de la portera florecía un cochambroso paño de limpieza. La vieja foca debió olerse algo, o bien interpretó mi sonrisa conejil como un signo externo de riqueza.

—¿Van bien las cosas? —quiso saber.

—Así, así —no me quise comprometer.

Le di la espalda y antes de llegar a pisar la calle oí que vaciaba sus narices con estrépito. No me quise volver, pero doble contra sencillo que su mocarrera había ido a parar al paño de la supuesta limpieza. Y del paño al pomo, claro.

Veintipocos minutos más tarde llamaba a una de las puertas del tercer piso de un edificio dedicado exclusivamente a despachos, situado en la calle Aragón, cerca de la sala X, otrora cine Oriente. En la puerta no había ninguna placa indicativa a la vista. Me abrió un tipo que no llegaba al metro ochenta de altura. Era de la especie de los repeinados, vestía traje gris de entretiempo y supuse que me superaba en pocos años; es decir, que andaría por los cuarenta y cinco. Calibró mi aspecto con su mirada, antes de preguntar:

—¿Blasco?

—¿Domínguez? —contraataqué.

Todavía me observó un poco más, con ese tipo de miradas con las que la gente se cuestiona interiormente si tú serás capaz de defender su hacienda, vida y honor, aún con el sacrificio de hasta el último de tus alientos, si fuese necesario. Por fin, se hizo a un lado y me cedió el paso.

—Adelante —dijo.

El despacho no era mucho más que despachito, tampoco vamos a engañarnos. El mío, sin ir más lejos, le superaba en solera: grietas y churretones de humedad visten mucho hoy en día y hasta pueden llegar a ser considerados postmodernos. Resumiendo, el recinto era como una caja rectangular de unos cinco por doce metros y su mobiliario quedaba limitado a una mesa situada junto a la ventana, media docena de sillas plegables apoyadas en fila contra la pared sur, un archivador metálico y desconchado, de mi misma altura, un par de sillas estables y una mesita supletoria que sostenía un telex y su correspondiente impresora. Detalle para los meticulosos: al fondo, en el suelo, rincón de la derecha, faltaban dos baldosas.

Domínguez me señaló la silla situada frente a la mesa.

—Siéntese, por favor —dijo.

Lo hice, mientras le estudiaba con discreción. Mi posible cliente tenía un tono impasible y severo en cada uno de sus gestos; parecía ser del tipo de personas que aguardan siempre lo inevitable con el rostro adecuado, como para que no lo pille por sorpresa. Sus ojos eran abultados y las mejillas se le hundían casi dramáticamente, configurando un par de rotundos huecos en su rostro. Sin embargo, no estaba delgado: bajo la chaqueta, se le insinuaba una leve curva de la felicidad que hablaba de sus buenos estofados y abundantes sofritos. Su boca, de labios gruesos y líneas definidas, era una especie de portal hermético mientras no hablaba. Estuvo alisándose el pelo algo encanecido de su sien derecha durante medio minuto, para por fin decirme, casi de repente:

—Soy agente de bolsa.

—Ah.

Nuevo lote de miradas recíprocas, la suya mucho más circunspecta que la mía. A continuación, unió las manos como si se dispusiese a rezar.

—Lo bueno de mi profesión —dijo—, es que con un rinconcito como este, te arreglas.

—A los de mi gremio nos podría sobrar incluso el despacho, siempre y cuando contásemos con una clientela fija, claro. Pero como casi nunca se da este caso...

Ahora fue él quien dijo «Ah». Se le veía tensamente congestionado, o viceversa. Carraspeó, me mostró un paquete de «Winston» que yacía sobre la mesa, le dije que no, que yo prefería de los míos y a renglón seguido encendimos nuestros respectivos pitillos en silencio.

—En fin —dijo él—. El caso es que no sé por dónde empezar, la verdad...

—Algunos solemos hacerlo por el principio —sonreí—, aunque tampoco es preceptivo.

No dio muestras de acusar mi sutileza verbal, pero de todas formas me pareció que estaba a punto de soltar lo que llevaba en el buche. Entre paréntesis —y aunque no venga a cuento—, a mí me corroía cosa mala un agudo comezón en la nalga derecha.

—Verá —dijo Domínguez, sin mirarme—, mi madre murió hace dos semanas.

He aquí la Gran Verdad.

—Lo siento —dije—. ¿Algún accidente...?

—No; de hecho, estaba enferma —expulsó el humo por la nariz con notable energía—. Había sufrido un par de infartos en el pasado y... parece ser que su corazón ya no daba mucho más de sí. Cayó fulminada en su piso y recibió un golpe que fue definitivo.

Agachó la cabeza ante el recuerdo doloroso. Era sobrio incluso al expresar el pesar más profundo. Me fijé en su boca: quedaba casi sellada al término de cada frase, como si su propietario tuviese un miedo patológico a la contaminación ambiental.

—Sin embargo —diguió hablando—, eso, lo de mi madre, no es lo que más me preocupa ahora mismo. Es decir, claro que me preocupa, pero digamos que no es la razón por la que le he llamado a usted.

Me puse en tensión: se aproximaba la segunda Gran Verdad.

—Esta mañana —dijo—... esta mañana recibí algo.

Hizo una nueva pausa en su relato. Y fue una pausa tan larga que al final me decidí a intervenir.

—¿Qué recibió? —pregunté.

—Bueno, «recibir» tal vez no sea la palabra más adecuada. Era un paquete. Y alguien me lo dejó ahí, en la puerta —señaló hacia la entrada—, en el suelo, para que yo lo viese tan pronto como llegase.

—¿Es ese paquete constaba su nombre?

—No, ni nombre ni dirección alguna. Pero parecía muy claro que iba dirigido a mí, ¿verdad?

No supe qué responderle. Sus pausas se enlazaban sin remedio y a mí, la comezón de la nalga me estaba fastidiando. Aproveché el nuevo impasse par rascármela con toda la discreción de que fui capaz.

—¿Va usted a decirme qué contenía ese paquete? —le pregunté, al darme la impresión de que él había perdido el hilo de su historia.

—Desde luego —asintió—. Por eso le hice venir —repitió.

—Estupendo.

—Y también por esto le pregunté si le gustaba el cine.

—Ajá.

Dudaba. No se atrevía a realizar el paso definitivo. Empecé a considerar que aquel regalo recibido podía contener algo siniestro y lleno de connotaciones prohibidas. En un momento dado, súbitamente, abrió el cajón central de la mesa. La verdad es que le echaba bastante teatro al asunto, o al menos a mí me lo pareció. Gestos lentos y dramatizados en extremo. Con la misma parsimonia, extrajo el Gran Secreto del receptáculo de madera, al tiempo que me advertía:

—Se quedará usted de piedra.

Preparé mi corazón a la espera de grandes emociones. Pero —mi gozo en un pozo— el objeto que Domínguez me mostró no era particularmente emocionante. Se trataba de un sombrero de paja, llano, muy usado, con la cinta y la pajarita plana correspondientes y bastante sucio.

—¿Y bien...? —inquirí a Domínguez, sin entender nada.

—Es el sombrero de Buster Keaton —dijo, sin pestañear.

Se desmadejó un tanto tras la tensión del esfuerzo realizado. Y a mí, se me escurrió de nuevo el maldito calcetín a pesar de la goma elástica.

DOS

Cuando alguien te suelta sin bromear y sin previo aviso, lo que acababa de soltarme Domínguez, lo primero que se te ocurre es deslizar precautoriamente la mirada sobre el ambiente que te rodea, no se diese el caso de que te hubieses colado en el frenopático sin darte cuenta, y buscando al mismo tiempo la cercanía de la puerta de salida, por si se terciase huir a la carrera. Yo hice ese par de cosas. Soy humano, después de todo.

Vi la puerta a mi espalda, las paredes del despacho a mi alrededor y a Domínguez hundiendo un poco más sus mejillas al succionar el pitillo. Había dejado el sombrero sobre la mesa, a mi alcance, y parecía muy relajado. Yo también lo estaría, si le hubiese confesado a un semejante que disponía de las bragas incorruptas de Gene Tierney, pongamos por caso.

—Le dije que se quedaría de piedra —sentenció Domínguez.

—¿Es usted... coleccionista?

—No, claro que no —hubo un conato de sonrisa en sus labios— Bien, quizá no me expresé correctamente. Este sombrero no tiene que ser justamente el auténtico sombrero de Buster Keaton, desde luego, Al menos, yo ya soy bastante mayorcito como para creer en milagros... Ahora bien, lo que no me negará usted, es que se trata del mismo tipo de sombreros que utilizaba ese actor.

—No se lo niego, en efecto.

Cogí el sombrero. Enseguida me di cuenta de que no sólo estaba *bastante sucio*, como me pareció al verlo por primera vez, sino que estaba sucio tirando a asqueroso. Olfateé en su interior: curiosamente, no olía más que a ropa vieja; ni un asomo oloroso de caspa o de cabello graso. Tampoco descubrí ninguna etiqueta identificadora del fabricante. Lo dejé de nuevo sobre la mesa y le pregunté a Domínguez:

—¿Tiene usted algo más que decirme?

—Bueno, supongo que ha llegado el momento de contárselo todo, con pelos y señales —se puso trascendental—. Pero antes me gustaría saber hasta qué punto puedo confiar en que usted no se lo repetirá a nadie.

—Hasta todos los puntos, siempre y cuando con ese silencio no perjudique a otras personas.

—Preferiría que la cosa no trascendiera —parecía no haberme oído—. Ya sabe usted cómo son los periodistas. Enseguida pensarían que soy un oportunista y...

Descargó la ceniza del cigarrillo en el cenicero, observándome. Tal vez esperaba que cruzase dos dedos sobre el pecho y jurase por mi honor guardar discreción, pero no lo hice. En lugar de eso, quise cruzar una pierna sobre la otra pero me acordé a tiempo del calcetín resbaloso y opté por seguir en la misma postura. Domínguez sopló el humo hacia la ventana.

—Mamá y Keaton coincidieron en el rodaje de una película —dijo al fin.

—Ah, caramba.

—Mi madre era mexicana, señor Blasco, aunque la familia procedía de aquí. Los abuelos eran asturianos; emigraron a México en el veintitantos. Mamá nació en la capital; se llamaba Rosa Trecet. ¿No ha oído hablar de ella...?

—Pues, la verdad...

—Era montadora. De películas, claro. Una de las mejores del país. Pero ya llegaremos a eso. Le diré, Blasco, que mamá fue una persona muy independiente desde jovencita. Sabía lo que quería y lo que le gustaba, y se empeñó en conseguirlo bien pronto. Resumiendo, lo que le gustaba era el mundo del cine, pero no para actuar frente a la cámara, sino en el aspecto técnico: uso de la cámara, rodajes, incluso la misma dirección de películas.

—A los dieciocho años, pues, ya trabajaba en una productora mexicana... Alba, Alta... ¡no, Alsa Films, eso es! Allí, mamá llevaba a cabo lo que se podría calificar como meritoriaje habitual de todo aquel que desea trabajar en la industria, es decir, desde ir a por café para el director, hasta echar una mano al encargado de atrezzo. Fue justamente en esa productora cuando, en mil novecientos cuarenta y seis, conoció Keaton. El estaba en México para rodar una película y...

—«El moderno Barba Azul» —dije.

Domínguez sonrió por primera vez, haciendo brillar en sus ojos un chispazo que yo supuse de admiración.

—¡Eso es! Ya veo que no me engañaron: es usted un auténtico cinéfilo.

—No era difícil de saber. Por la fecha y dado que Keaton no trabajó en ninguna otra ocasión en México... Por cierto, ¿quién le habló de mis hobbys?

—Uno de sus colegas, en la Agencia Prix, de la calle Balmes. En realidad, lo que me dijo fue que usted tenía... «demasiadas películas en la cabeza».

—Bonita forma de prestigiar a un colega. Pero siga, por favor.

Aplastó el cigarrillo sobre el cenicero y abrió de nuevo el cajón central de la mesa. Esta vez lo que surgió de allí fue una foto, una imagen amarillenta por el mucho tiempo transcurrido desde que se plasmó. Me la tendió.

—Aquí tiene —dijo.

Era una típica foto de fin de rodaje, con el equipo casi en pleno posando para la posteridad. Hubiese podido pasar por un documento gráfico sin más importancia, de no ser por la presencia en el centro, sentado sobre un mojón, ataviado con un amplio sombrero mexicano y rodeado por el resto del casting, del gran Buster, impertérrito como siempre.

—La tercera por la derecha, segunda fila, era mi madre —señaló Domínguez.

No se le distinguían muy bien las facciones. Era una figurita sonriente, menuda, vestida de blanco.

—He querido mostrárselo —dijo Domínguez—, para que no parezca que le estoy contando un rollo sin fundamento. Y para que comprenda el resto de la historia. Aunque de eso ya no estoy muy seguro... yo le he dado mil vueltas y como si nada.

—Su madre fue muy afortunada —le devolví la foto.

—¿Sí...? —había escepticismo en su mirada—. No sé, nunca entendí muy bien todo eso de las mitomanías.

—La mitomanía es la droga blanda e inocua de los pobres que no se quieren pinchar. Yo sería un hombre feliz si hubiese tenido la oportunidad de convivir un tiempo con alguien como Keaton.

—De cualquier forma, ella, mamá, se vino a España tan pronto acabó el rodaje de esa película. Tío Juan, su primo, ya estaba instalado en Barcelona —tenía un negocio de curtidos de piel y le había informado de que por aquí tal vez tendría más posibilidades de salir adelante dentro del cine. Ella trabajó muy duro —estuvo una temporada en los Estudios Orphea—, encontró muy pronto un marido, centró sus esfuerzos en la faceta del montaje, luego llegué yo y... En el sesenta y seis, ellos se divorciaron. Ya sabe usted, la eterna historia: papá no podía admitir que mamá no sólo trabajase por su cuenta, sino que, además, fuese mucho más feliz que él con la ocupación que había escogido...

Distinguí cierto resquemor en su comentario. O tal vez fuese que el final de la frase le brotó entre dientes.

—¿Su madre volvió a casarse?

—No. No quiso ni oír hablar de nuevos matrimonios. Para ella, su profesión lo era todo. Disponía de un estudio propio y, como le dije antes, llegó a ser una de las mejores en su campo. Pero... ¿seguro que nunca oyó hablar de Rosa Trecet?

—Lo siento, pero no. Tenga en cuenta que la labor de un montador, con ser a veces incluso más importante que la del propio director, no suele trascender al público habitualmente.

—Con los sesenta cumplidos, no se resistía a soltar del todo las riendas del estudio. De vez en cuando se ocupaba personalmente de alguna película, sobre todo cuando se lo pedían viejos amigos de la profesión... Supongo que parte de culpa de los dos infartos que tuvo fue debida a eso mismo, a esa entrega que ponía siempre en lo que hacía.

Le brillaban los ojos ante la fuerza de la evocación. Sólo por romper el interludio doloroso, le pregunté:

—Tendría la ciudadanía española...

—Sí, por supuesto. Pero déjeme hablarle de algo que ocurrió en el curso de su convalecencia, durante el segundo infarto. Fue hace unos cuatro meses. Yo entonces no le di mayor importancia; pensé que mamá deliraba por los sedantes que le habían administrado...

Acababan de trasladarla de la UVI a una habitación normal y yo la velaba; ella estaba semiinconsciente. De pronto, al verme, pareció reaccionar; abrió mucho los ojos y dijo claramente: «¡Él me matará! ¡Nos matará a todos! ¡Está loco!». Le pregunté a quién se refería, pero volvió a caer en el sopor. Como le dije hace un momento, me olvidé del asunto, achacándolo a una pesadilla causada por los medicamentos.

—Y más adelante —saqué otro «Sombra» del cajetín y lo encendí—, ¿no le preguntó usted a qué se había referido al decir aquello?

—Sí, semanas más tarde, cuando ya estaba en casa. Toqué el tema, pero ella no dio muestras de recordarlo, así que yo me lo quité de la cabeza definitivamente.

—Así pues, sería, en efecto, una pesadilla...

Alzó una ceja, sin mirarme. Una idea muy definitiva cruzaba por su mente, pero no se atrevía a expresarla con palabras.

—Señor Domínguez, ¿está usted insinuando algo? —pregunté.

—No lo sé. Ya no sé qué pensar. Pero al abrir ese paquete y ver el sombrero...

—Se tratará de alguna broma.

—¿A mí? ¿Bromas de este tipo? —se golpeó el pecho, como dando a entender que los de su especie —ojos abultados y mejillas enjuntas— contaban con una bula especial para no ser chasqueados por el resto de la Humanidad.

—Pero vamos a ver —empezaba a sentirme a disgusto allí dentro—, ¿no me dijo usted antes que su madre murió a causa de un nuevo infarto? Eso está probado, ¿no?

—Sí, bien...

—¿Le consta, por ejemplo, que ella estuviese recibiendo amenazas de alguien?

—No, eso no. Pero según dijo el doctor, cualquier nueva emoción o sorpresa imprevista, por pequeña que fuese, podía acabar con ella.

Aspiré hondo; él no se atrevía a soltarlo todo y a mí me tocaba sacar confesiones con gancho, una de mis especialidades.

—¿Intervino la policía en el caso?

—Sí, sí.

—¿Quién descubrió el cuerpo...? Y perdone la expresión.

—Yo mismo. Fui a visitarla; había pasado los últimos días bastante mal y como no quería que contratásemos a una asistenta, para ayudarla en casa, yo estaba un poco inquieto. ¡Siempre tan independiente, como le dije antes!

—¿Qué pasó exactamente?

—Pues... abrí con mi llave —me hice una copia tras lo del último ataque, para poder entrar y salir de su piso sin problemas—. Pasé al comedor y... allí estaba ella, muerta —se le quebró la voz durante unos segundos—. El... el forense dijo que llevaba más de cinco horas en el suelo, cuando yo la encontré.

—¿Se le practicó la autopsia? —odio tener que hacer este tipo de preguntas.

—Sí; parece que es preceptivo, en estos casos... Pero se llegó a la conclusión de que todo había sido natural... si por natural se entiende morir de un ataque al corazón.

—¿Alguien más, aparte de usted, tenía llave del piso de su madre?

—No; no, que yo sepa.

Ahora expulsé el aliento que casi había contenido desde un par de minutos atrás. El supuesto sombrero de Keaton parecía mirarme. Me ponía nervioso.

—Señor Domínguez —traté de no parecer demasiado brusco—. En definitiva, ¿por qué me ha llamado? ¿En qué puedo serle útil?

—Yo... —daba golpecitos sobre la mesa con un bolígrafo barato y seguía sin mirarme—. Quisiera que usted diese con... con la persona que me ha mandado ese sombrero.

—¿Sólo eso...? ¿No esperará, tal vez, descubrir algo más si logramos desenmascarar al bromista? —pensaba en la historia de su madre, por supuesto.

—No creo; no sé... —se le escapó el bolígrafo de las manos y produjo un breve golpe sobre la madera que percutió contra mis neuronas alteradas—. Lo único que sé es que no me gusta lo que está pasando.

—Entonces, es que relaciona esas palabras de su madre con el sombrero...

—¡Yo soy un hombre metódico, Blasco! —casi gritó—. Llevo una vida ordenada, equilibrada y perfectamente programada. No podría ser de otra forma, teniendo una profesión como la que tengo y, además, una familia a mi cargo de que cuidar. Detesto las sorpresas y los imprevistos. Cuando voy a buscar unos calcetines, espero encontrarlos en el rincón del cajón donde siempre guardo los calcetines, en vez de dar con los gemelos. Por tanto, detalles como los de ese *regalo* me sacan de quicio, no entran dentro del esquema de acciones habituales que componen mi existencia. ¿Entiende lo que le digo? ¡Tengo que saber por qué demonios alguien ha hecho eso, o no podré volver a dormir tranquilo!

«Cuadrado de mente y de espíritu» —pensé—. La posibilidad de un caso interesante se difuminaba ante mis ojos como una vieja película muda quemada por el acetato.

—En fin... —me oí decir a mí mismo.

Se le desplomaron las pestañas, en señal de alivio.

—O sea, que acepta el trabajo...

—Echaré un vistazo por ahí; no puedo prometerle gran cosa más. Necesitaré algunas direcciones, claro está. Por cierto y aunque la pregunta sea tópica, ¿no tiene ni la más remota idea de quién puede ser el gracioso? Algún familiar amante de las bromas, un amigo que conozca los primeros pasos de su madre en el cine y su encuentro con Keaton...

Abrió los brazos, muy sorprendido.

—¡Para eso he pedido su ayuda! Si lo supiese, ¿a santo de qué...?

—...Iba usted a gastase un dinero por la gestión, claro. ¿Conserva la caja en que le mandaron el sombrero?

Me la mostró; estaba plegada y en un rincón. Era de cartón ondulado, papel de kraft en la superficie y color marrón; ninguna señal especial: las venden en grandes papelerías. Y hubiese sido ridículo, por otro lado, buscar huellas digitales en ella; Domínguez y yo mismo la manoseamos a modo, antes de olvidarnos que existía.

—¿Dijo usted algo a la policía de las palabras que le confió su madre en la clínica? —le pregunté.

—No. ¿Para qué? Le repito que yo mismo lo había olvidado… hasta hoy.

—Habló antes de su familia; ¿tiene usted hijos?

—Dos, de diez y doce años.

—Y sin movernos de esa misma familia, ¿ve usted a su padre a menudo?

Se puso mucho más serio de lo que estaba normalmente.

—¿Mi padre? ¿A qué viene mezclarlo a él?

—No pretendía mezclarlo, pero antes de iniciar mis investigaciones suelo preparar una composición de lugar que me ayude a conocer mejor a mi cliente y también al entorno humano en el que él se mueve.

—Pues no; no nos vemos casi nunca —lo dijo a contrapelo—. En parte por mi trabajo, que me absorbe mucho más tiempo del que yo quisiera. Y también, la verdad, porque no me apetece demasiado. Mamá… bien, mamá me contó cómo habían sido los últimos tiempos junto a él, antes de la separación, y…

—Entonces, supongo que ellos tampoco se verían mucho…

—Nuca, diría yo.

—Cambiando de tercio, ¿conoce usted a alguien, entre su grupo social, que sea especialmente aficionado al cine?

—No.

—Lo de la intervención de su madre en el rodaje de «El moderno Barba Azul», ¿es de dominio público?

—Bueno, imagino que en alguna antología cinematográfica o historia del medio debe constar el dato. Mi madre, por otra parte, no era de las que se lo iba contando a todo el mundo a las primeras de cambio. Y yo tampoco. Mi mujer es la única que…

—Respecto a esas direcciones… —le corté.

—Ah, sí. ¿Cuáles necesita?

Le pedí la de su padre —y él arrugó de nuevo la nariz—, la de su tío —esto me desveló que aún vivía— y la del estudio de montaje que dirigió Rosa Trecet en vida. Con los datos en el bolsillo, añadí otra petición.

—También me interesaría echar un vistazo al piso —dije.

—¿Donde ella… murió?

—Sí.

—Dígame cuándo quiera ir y yo mismo le acompañaré. Por cierto, uno de estos días voy a tener que vaciar aquello. Muebles y todo lo demás, ya sabe usted.

—¿Es un piso de alquiler?

—Sí.

—¿Cuál era la situación económica de su madre? —se lo pregunté al salir el asunto del alquiler en la conversación.

—¿Se refiere a si las cosas le iban bien...?

—Exacto. Si no pasaba apuros en este sentido.

—No, ningún apuro —lo dijo con cierto aire de orgullo de estirpe—. Su estudio era —bueno, sigue siendo—, un negocio muy productivo.

—Qué suerte poder decir algo así.

—¿Cómo?

—Nada, no me haga caso.

Callé; no era el mejor instante para hablar de mis penurias crematísticas. Pero como una cosa trajo a la otra, le insinué a continuación la posibilidad de que me firmara un cheque por el servicio de una semana anticipada, como suele ser mi norma. El lo hizo, incluso con algo de docilidad. Cuando me tendió el mágico papelito, su cara había recobrado la misma expresión de viejo armario ropero de siempre.

—Si no le importa —le dije—, me gustaría llevarme el sombrero.

—Con mucho gusto —me lo tendió—. Ya es suyo. A decir verdad, yo no quiero seguir viéndolo.

Me pareció que exageraba en su papel de Doña Ordenada, pero no se lo dije. He conocido a bastantes personas como él, quisquillosas en lo más mínimo y capaces, por otro lado, de hacer oídos sordos a circunstancias mucho más trascendentales. El mismo hecho de contratarme por una simpleza como aquella, ¿no era ya señal de sus peculiaridades mentales?

Dejé que me acompañase hasta la puerta y ya en el umbral me tendió la mano y encajamos. En su mirada se había quedado flotando algo indefinidio. Le pregunté:

—¿Alguna cosa más?

—No, no. Pensaba. ¿Sabe usted qué es lo más chocante del caso?

—Dígame.

—Pues... ¡que a mí ni siquiera me gusta el cine!
«Esto no es chocante, querido —pensé—, sino patético».

TRES

Cada momento de la vida tiene sus prioridades específicas. Ahora mismo, mi prioridad absoluta era la de repostar savia monetaria del banco al que Domínguez me había endosado el cheque. No estaba muy lejos de su despacho: era una delegación del Santander, situada en la avenida de Roma.

La segunda prioridad consistía en almacenar energías calóricas y vitamínicas para poder afrontar el resto de prioridades que me aguardaban aquella misma tarde. Esto, traducido al cristiano, equivale a «papeo en el bar de Fermín». Cuando éste me vio entrar en su establecimiento con el sombrero de paja en la mano, su sonrisa se llenó de sano sarcasmo.

—No le va —dijo, señalando el cubrecabezas—. A usted le caería que ni pintado un sombrero de gángster, tipo George Raft.

—Fermín, voy a decirte lo mismo que me han dicho a mí hace un poco: ves demasiado cine. Esto es una prueba, no un sombrero, ¿entendido?

—¡Aaah! Y qué, ¿se queda a comer?

—¿Qué hay?

—Ensalada de pollo, fricandó y fruta o helado, a escoger.

—Pues aplícate el cuento. Ya sabes dónde estoy.

Me senté al fondo de la barra y encendí un pito. Fermín pasó un trapo por mis cercanías, colocándome la servilletita y los cubiertos al alcance.

—¿Voll Damm? —preguntó.

—Claro. Recuerda que soy un animal de costumbres.

Volví a mirar y remirar el sombrero, en busca de posibles etiquetas en su forro. Sin éxito. Como curiosidad, las manos se me iban pringando de suciedad a medida que manipulaba el objeto. Parecía como si su anterior propietario lo hubiese tenido guardado en un mar de cochambre. Fui al servicio, me lavé las manos y, a la vuelta, cogí el listín telefónico de páginas amarillas, el tomo que va de la L a la Z. Busqué en la S el apartado de sombrererías y contabilicé hasta doce tiendas en el casco urbano barcelonés, una en L'Hospitalet y dos fábricas. Además de los grandes almacenes y tiendas de ropa, que también contaban con departamentos de sombrerería. Demasiado, para un investigador de Reus.

Por otra parte, ¿qué podía preguntarles? «¿Guardan ustedes facturas de venta de un sombrero de paja, plano, sin etiqueta identificativa y lleno de mugre?».

Néstor Domínguez, Buster Keaton, misterio y un sombrero dudoso. Y ahora, Blasco, ponte en marcha y busca un fantasma que se esconde dentro del mar de fantasmas que pueblan la ciudad.

Devolví el listín a su sitio. Fermín me indicó que ya tenía el plato aguardando, pero antes decidí llamar a Laura. Probé fortuna por si la encontraba todavía en la Maxwell y acerté.

—Hola, chata. Me preguntaba si te apetecería una noche de locura. La locura soy yo, of course.

—Ya veo... Tentador me lo pones —se estaba choteando—. ¿Y a qué se debe tanta generosidad?

—Soy razonablemente rico, luce el sol y no hay peligro de varices en mi futuro físico más próximo. ¿Te parece poco?

—O sea, que tienes un cliente.

—Cómo me conoces. Bien, ¿vamos a cenar por ahí?

—No, mira, lo más seguro es que a última hora no me tenga en pie. Hay junta general para tratar lo de la fusión con esa gente alemana, ya te hablé de ello, ¿recuerdas? ¿Por qué no vienes a casa y preparo algo ligero?

—Me temo que no podrás contentarme con *algo ligero.*

—Improvisaré sobre la marcha —sofocó una carcajada.

—Ah, bueno. Eso ya suena un poco más perverso. ¿A las nueve?

—A las nueve.

—Recibe un mordisco en el lóbulo izquierdo de la oreja de ese mismo lado, para ira haciendo boca.

—Vale, me considero mordida —dijo, colgando entre risas.

Yo me dediqué a la pitanza sin más preámbulo.

—En salsa rosa —me informó Fermín, señalando el manto que cubría la ensalada de pollo.

—Un tanto sofisticado para tratarse de este barrio...

—Quizá —se rascó una patilla con elegancia—. Pero a veces te cansas de la rutina del carajillo, la caña y el cubata, y de golpe te vence la vena artística.

—Eres grande, Fermín.

Me lo comí todo con ganas. Poco a poco, empezaba a sentirme mucho más animado. Tal vez fuese debido a que acababa de salir de la depre de otoño y no me correspondía otra hasta la siguiente primavera. Completé el ágape con un Carlitos de la tercera dinastía y, camino del despacho, encendí un «Sombra».

Ya en la cueva, busqué vanamente algún mensaje dentro del contestador automático y en vista del éxito, me fui a luchar por la vida. El sombrero se quedó encerrado en el primer cajón de la mesa, por liante. Mi siguiente paso fue visitar la sección de géneros de punto de El Corte Inglés de Plaza Cataluña, donde adquirí un par de juegos de calcetines para cubrir mi déficit en ese campo tan específico. Compré unos con rombitos marrones y otro juego con salpicones oscuros.

Bajé luego a los servicios del edificio, situados en el sótano, junto al parquing. Me colé dentro de uno de los reservados y procedí a cambiarme los viejos calcetines por el par con rombitos incluidos. No me di cuenta y dejé la puerta del closed abierta. ¿Resultado? Cuando me hallaba en plena tarea, entró un fulano con bigotito perfilado y me descubrió sentado en la taza, con una pierna levantada y el calcetín en ristre.

—Perdone —dijo, azorado.

—No se preocupe, salgo enseguida.

—No, por mí no se dé prisa —cerró de nuevo.

Acabé con lo que me había propuesto y me sentí enseguida un hombre mucho más pulcro que antes. Sumí los calcetines viejos dentro de la papelera del recinto escatológico y salí del mismo. El del bigote me lanzó una mirada de reojo, mientras manipulaba su pirula frente al meódromo de pared en el que evacuaba.

Imaginé cómo se lo contaría a sus colegas de oficina:

—Chicos, yo pensaba haberlo visto todo en materia de desviaciones sexuales; pero fijaos que ayer, en los urinarios de El Corte Inglés, descubro a un fulano sentado en la taza, que parecía gozar a lo grande con sus calcetines...

CUATRO

Si existía un experto en temas keatonianos dentro del territorio estatal, ese experto era Miguel Jové. Escritor, guionista y crítico circunstancial de diversas revistas cinematográficas; Jové había publicado recientemente uno de los tratados más completos sobre la vida y obra del genial Buster, editado jamás en el mundo entero. Era tal la sabiduría demostrada por Jové sobre el tema Keaton, que incluso Televisión Española le había confiado, un para de años atrás, la presentación del ciclo emitido por dicha cadena en homenaje al artista.

Yo había conocido a Jové cuando me encargaron, años antes, un tabajillo en la desaparecida Semana de Cinema de Barcelona. Fue un asunto de poca monta: se trataba de vigilar al personal mientras Fellini, convocado por la Semana, charlaba con la prensa en un salón del recinto oficial. Jové trabajaba entonces como relaciones públicas del certamen. Nos presentamos y luego conversamos sobre nuestras respectivas neuras cinematográficas en el curso de una agradable cena.

Serían poco más de las cuatro de la tarde cuando llamé al piso de Jové, un ático situado en la zona central de la calle del Carmen. Di mi nombre al portero automático y Jové me abrió inmediatamente.

Al llegar al piso, el escritor ya me aguardaba en el dintel. A continuación, tuvo que aguardar a que yo recuperara el aliento, perdido tras la escalada a pie de las seis plantas.

—Escaleras matadoras, ¿verdad? —me preguntó.

—¡Vaya que sí! —sonaron silbidos asmáticos junto a mi voz.

Jové no superaba el metro y sesenta centímetros de altura, pero era de recia constitución física. Usaba gafas y se estaba quedando calvo. Un grueso bigote cubría su pequeña boca. En conjunto, daba la imagen que todos tenemos en mente de lo que debe ser una típica y tópica rata de filmoteca, es decir, de un ser humano abocado enteramente al mundo de las películas.

—¡Esto sí que ha sido una sorpresa! —estrechó mi diestra, mientras pasábamos al interior.

—No estarías escribiendo...

—Sí, pero me vendrá bien un descanso.

Pasamos del recibidor a la pieza principal de la casa, una habitación amplia y soleada que Jové parecía utilizar un poco para todo. Olía a libros viejos y a cerrado, pero era un aroma agradable, como de casa encantada donde se apiñan los secretos misteriosos y las maravillas más impensables. Había estantes por doquier, con libros, discos, cintas de audio y video y otros cacharritos lógicos de la profesión —una estatuilla imitando al oscar, una claqueta, un móvil colgante con imágenes de cuerpo entero de Marilyn, Chaplin, Dean y Keaton (¡cómo no!)—. Junto a la ventana se situaba la mesa de trabajo con el ordenador y la impresora utilizados por Jové para escribir. Había posters de películas por cualquier rincón hábil, montones de revistas apiladas en el suelo, un mueble-cama plegado, una silla de rodaje con el rótulo «King Vidor» en la espalda, una tele y un video.

—Me gustaría morir en algún lugar así —dije, con sincera admiración.

—Yo no.

—No me digas que no te va este ambiente...

—No, lo que digo es que yo preferiría no morir —me palmeó la espalda—. ¡Demonios con el detective! ¿Qué te trae por aquí? Pero aguarda, lo primero es lo primero... ¿Te va el moscatel?

—Bastante.

—¡Ah, pero...! —compuso una mueca de consteración—, supongo que tienes prohibido el alcohol, estando de servicio...

—Déjate de puñetas y trae la botella —saqué la cajetilla de tabaco—. ¿Sigues sin fumar?

—Sigo. Te dije una vez que yo escojo la forma de intoxicarme. Y la mía es ésta —alzó una garrafota de moscatel, surgida casi de repente de debajo de la mesa.

—Perfecto. Me gustan los hombres con principios.

Nos sentamos, llenamos los vasos y bebimos. Desgranamos ese breve lote de frases típicas que se encadenan cuando un par de amigos se reencuentran, pero enseguida fuimos a lo práctico.

—Tengo que consultarte algo —le dije.

—Sabía que venías sólo por el interés. Dime.

—Se trata de algo relativo a tu tema preferido: Buster.

—Bravo. Adelante.

—Háblame de «El moderno Barba Azul».

Algo, una especie de señal de alerta que no fui capaz de precisar en aquel momento, cruzó frente a sus pupilas.

—¿*Precisamente* de «El moderno Barba Azul»...? —dijo, pensativo.

—¿Por qué? ¿Qué pasa con esa película?

Le costó un poco regresar al hilo de la conversación y lo hizo mediante una sonrisa forzada.

—No, pasar no pasa nada; pero me pides que toquemos el tema Keaton y luego sales con lo peor que hizo en su vida.

—Sí, ya sé que la cosa no era ninguna maravilla, pero...

—*Cosa,* tú lo has dicho. No creo ni que pudiera llamársela película. Fue una incongruencia, una burla, una vulgar mierda en un palo. Mira : Keaton, a lo largo de su vida, tuvo que pasar por más de una miseria vejatoria, tragar con embolados casi ridículos y doblegarse a los estúpidos caprichos de productores sin escrúpulos, como cuando la Metro le impuso a aquel patoso de Red Skelton, encargándole docena de gags para el lucimiento del memo pelirrojo... Pero lo de ese bodrio mexicano escapa a mi comprensión.

—Keaton podía estar atravesando un mal momento económico...

—Tal vez. Por esa época, tres años antes, Schenck, su yerno, que en el pasado ya le había hecho la pascua rescindiéndole su contrato con la Metro, le repitió la jugada; pero esta vez con la Fox, a la que Schenck pertenecía. Entonces, posiblemente no sea tan descabellado imaginar que al maestro le faltase dinero y...

—¿Quién dirigió el desaguisado?

—Un tal Salvador; espera, voy a comprobarlo... —buscó en un ejemplar de su libro, hasta dar con el dato—. Ajá, eso es, Jaime Salvador. No tengo ninguna otra referencia del individuo.

—¿Y los intérpretes? Supongo que todos deben ser muy viejos, o incluso pueden haber muerto...

—Pues tenemos a Garasa, que sí murió. A Fernando Soto —le llamaban «Mantequilla»—. A José Elías Moreno, uno que trabajaba en «El padrecito», con Cantinflas... ese también murió, creo.

—Déjame ver —le pedí el libro.

Repasé la ficha técnica. Por supuesto, el nombre de la Trecet no figuraba por ningún lado. No se cita a los meritorios de rodaje en ninguna producción, que yo sepa. Dudé entre mencionárselo a Jové o no, pero al fin opté por el silencio, imagino que en aras de lo que se suele llamar la discreción profesional de los de mi gremio.

—Oye —Jové se mostraba receloso—. ¿Qué misterio es éste?

—Lo siento, pero ya sabes que nosotros nos movemos entre secretos de confesión —sonreí.

—¡Menudo cura serías tú!

—Los he visto peores —le devolví el libro—. ¿Qué más puedes decirme del «Barba Azul» de marras?

—Poca cosa. Keaton apenas tenía diálogos, la película nunca llegó a estrenarse en Estados Unidos y desde hace muchos, muchos años, algún alma piadosa ha escondido los rollos, tal vez para impedir que ojos humanos puedan tener acceso al engendro.

—¿Quieres decir que se han extraviado las copias?

—No, era sólo una forma de hablar. Ojalá fuese verdad, de todos modos. Se pasó hace bastantes años por televisión y nunca más se ha vuelto a ver en una sala comercial.

—¿Se sabe alguna anécdota de rodaje?

—El mismo rodaje ya fue una anécdota monstruosa. Hay gente que no tiene respeto por nada. Te cogen a los clásicos más venerables, les despanzurran a la vista del personal, muestran sus miserias más íntimas, como para que todos comprobemos que, en el fondo, son seres humanos, y luego trafican con lo que ellos llaman «el docudrama». Eso fue lo que pasó con «El moderno Barba Azul»; utilizaron el nombre de un genio en horas bajas, ni más ni menos. Ahora mismo, ¿sabes que se piensa rodar una segunda versión de «El halcón maltés»? Que Dios y san Huston les perdone, porque lo que es yo...

—Frena, frena —detuve su verborrea indignada—. Y escánciame unas lágrimas del fruto de la garrafita, que ando seco. Vosotros, los teóricos, cuando cogéis la directa sois temibles.

—¡Es que tienen unos cojones como un...!

—Como un toro, de acuerdo. Ahora háblame de los fanáticos de Keaton que viven en este país.

—¿Como yo, por ejemplo?

—O más, si es posible. Gente que conozca la vida y milagros del genio, que colecciones películas suyas, que sepa datos y fechas de todo lo que hizo.

—¿Te refieres a si hay algún grupo organizado, o algo así?

—Más o menos.

—Pues no; yo no tengo noticia de que exista. Pero que hay muchos adoradores particulares de la obra de Buster, eso puedo asegurártelo. Te diré, como dato, que mi libro no se ha vendido mal. Y esto ha de significar algo por fuerza —se atusó el bigote—. Blasco, ¡me tienes en ascuas!

—Lo supongo. Por cierto, ¿en qué estás trabajando? —señalé el original que descansaba sobre su mesa.

—En una historia del musical americano, desde sus orígenes hasta nuestros días. Bueno, la verdad es que ahora ya no existe el musical. A lo más que llegamos, es a híbridos.

—¿Sabes qué me pareces?

—¡Qué?

—Un paladín de las causas perdidas. Te dedicas a Keaton, o sea al cine mudo. Y luego al musical, género incomprendido donde los haya. Temas poco productivos.

—No te llevaré la contraria —bebió, con un gesto amargo—. Sí, ahora resulta que la gente *normal* es la que odia el cine en blanco y negro. Ahora lo correcto es colorear películas. ¿Te imaginas qué burla más sangrienta? Nosotros, los clásicos, somos los raros, el lumpen, los peligrosos. Y si encima prefieres las versiones originales... ah, entonces, ¡vade retro, Satán! Apartarán incluso a los niños de ti, no fueses a contaminarlos. La situación es muy triste, de verdad —de repente pareció acordarse de algo—. Pero volviendo a lo de Keaton... —calló, como si le faltase fuelle para seguir.

—Eso, volvamos a Keaton —dije—. ¿Qué más puedes decirme?

—Pues no sé...

—Antes, cuando te mencioné esa película, me pareció que te quedabas como sorprendido.

—No, es sólo que... bien, que no deja de ser casualidad que hoy, precisamente, hayas venido para hablar sobre Buster —se levantó—. Aunque bien pensado, supongo que se trata de una broma...

—¿Una broma?

Me dijo que esperara con un ademán de sus manos. Fue hacia una puertecita situada junto a los estantes de la izquierda, entró en lo que parecía ser un pequeño cuarto y me habló desde su interior.

—Ha sido esta mañana... —dijo.

Salió del cuarto sosteniendo una caja embalaje de forma cuadrada y bastante voluminosa entre sus manos. Se me tensaron los pelillos de la espina dorsal.

—Me la dió el portero —llegó junto a mí con la caja—. Según me dijo, alguién la había dejado bajo los buzones, a primera hora, cuando él hacía limpieza de la planta baja y tenía el portal abierto —movió las tapas de la caja, abriéndola—. Iba envuelta y a mi nombre.

Extrajo el objeto contenido dentro de la caja, mostrándomelo. Era una chistera clásica, ensartada por una flecha india que cruzaba en diagonal.

—¿Qué te parece? —Jové me tendía la chistera.

—No lo entiendo —la tomé.

—Yo caí enseguida —dijo—. A simple vista parece una chistera con una flecha que la atraviesa...

—¿Y no lo es?

Dejó la caja en el suelo; parecía excitado.

—Blasco, ¿has vito muchas películas de Keaton? —me preguntó.

—Bastantes.

—¿Has visto, por ejemplo, el corto «Rostro pálido»?

—Sí.

—¿Te acuerdas de su argumento? Hay una secuencia en que Keaton, para huir de los indios, no tiene otra solución que vestirse de frac, con chistera incluida.

—Lo recuerdo.

—Entonces se produce aquel anacronismo de ver correr a un tipo por las llanuras norteamericanas, vestido con frac. Pero los indios le vigilan y en un momento dado, empiezan a disparar sus flechas contra él. Ocurre, pues, que la chistera de Keaton recibe media docena de flechas entrecruzadas, aunque él, claro está, no se inmuta.

—¿Quieres decir...? —la chistera de marras parecía mandar mensajes eléctricos a mis manos.

—¿No lo ves? —abrió sus brazos, la mar de sonriente—. Alguien que conoce mis gustos, me ha mandado un mesaje en clave.

—¿Un... mensaje?

—O lo que sea. Una broma, como te dije antes; un acertijo entre colegas, qué se yo... —se le quebró la sonrisa casi dramáticamente—. A menos que... Blasco, tú no me harías todas esas preguntas porque sí...

—No tendrás la más remota idea de quién puede haber sido el gracioso, claro —le interrumpí.

—Ni idea. Pero Blasco...

—¿Conservas el envoltorio con que llegó la caja?

—Blasco me estás asustando... ¿El envoltorio, dices? No, lo metí en la bolsa de basura y se lo llevó el portero hace horas.

—¿Cómo estaban escritas tus señas? ¿A mano, sobre el papel, con una etiqueta...?

—A mano, con rotulador azul, letras mayúsculas. Sólo venía mi nombre, nada más. Oye...

Busqué, como había hecho con el sombrero de paja, alguna etiqueta identificadora del fabricante de la chistera: la habían arrancado. Y la flecha era de atrezzo; tenía la punta de goma y para que atravesase la chistera, habían tenido que practicar dos agujeros en el sombrero. Las tiendas de artículos de broma venden esas flechas por docenas. Le devolví el objeto a Jové.

—Hazme un favor, ¿quieres? —dije.

—Claro, lo que tú digas.

—Estrújate un poco el cerebro y redacta una lista de posibles amigos o conocidos que sean capaces de mandarte algo así. Te llamaré mañana para saber algo.

—Sí, pero... —era un manojo de nervios.

—No puedo contarte nada, de veras. Y no puedo porque ni yo mismo comprendo qué es lo que pasa. Prepárame esa lista y ya veremos, ¿de acuerdo?

—El caso es que... —se mordía las uñas y parecía luchar contra sí mismo por soltar algo que —ahora yo ya casi estaba seguro— llevaba en el buche.

—¿Sí?

—No, nada,— movió la cabeza, como apartando aquel pensamiento de la misma—. Te prepararé esa lista.

Avancé hacia la puerta y en el mismo dintel se me ocurrió preguntarle:

—Por cierto, ¿cómo acababa esa secuencia?

—Pues... Keaton, al comprender que la chistera es un reclamo demasiado evidente, se desprende de ella, saca un sombrero de paja del interior de su chaqueta y se lo coloca en la cabeza.

—Un sombrero de paja... ¿el que utilizaba siempre en todas sus películas?

—Claro.

—Claro.

CINCO

Corría una brisa húmeda y pegajosa por la ciudad y los peatones alzaban el rostro continuamente hacia el cielo, como buscando allí las razones a un bochorno semejante, cuando estábamos a punto de cruzar las puertas del invierno.

El estudio de montaje dirigido en vida por Rosa Trecet se alojaba en un viejo caserón de tres pisos, con ladrillos descarnados en la fachada y aparatos de aire acondicionado en cada ventana, situado en la calle Menorca, en una de las esquinas paralelas al Parque del Putget. La zona correspondía a la parte alta de la ciudad, no muy lejos de la pre-ladera del Collçerola, donde de vez en cuando —milagros de la era moderna—, todavía es posible descubrir la presencia de algún gorrión sobrevolando las calles.

Pulsé un timbre que llevaba el rótulo PELITREX incorporado y me abrieron inmediatamente sin preguntarme siquiera el santo y seña por el portero automático. Subí hasta el primer piso y moví el vano de la puerta, pasando al interior.

El vestíbulo era estrecho y poco acogedor. Había una mampara de cristal opaco y madera que cubría el acceso al negocio, una puertecita entornada, dos sillones bajos de skai y un poster enmarcado de la película «Bacanales romanas» de J.J. Puig. Me disponía a carraspear para llamar la atención del personal, cuando surgió la voz atronadora de Constantino Romero desde algún altavoz cercano, declamando: «¡Te dije que Morgan nos la jugaría!» Aguardé, siquiera para saber de qué forma se la estaba jugando Morgan, pero hubo un sonido de rebobinamiento de cintas de audio y enseguida Romero repitió: «¡Te dije que Morgan nos la jugaría!». Como que esta parte de la película ya me la sabía, decidí pasar sin más espera.

Cruzando la mampara, descubrí una sala espaciosa subdividida en cuatro o cinco separaciones, cada una de las cuales albergaba una mesa de trabajo, un monitor, ejes para incorporar las bobinas de las películas y los mil y un cachivaches propios de la profesión de montador. Descubrí también que la voz de Constantino procedía de la película que estaba manipulando una joven de largas piernas y pitillo adosado a los labios, sentada frente a un monitor. No había nadie más en la estancia.

—Hola —dije.

Se volvió para mirarme. Y la suya fue una de esas miradas que te advierten desde un principio de que «yo soy una mujer que suelo escoger a los hombres que llevarme a la cama, y no al revés». Ni siquiera se quitó el pitillo de la boca para hablar.

—¿Por quién pregunta? —quiso saber.

—Por el encargado del negocio.

—Entonces busque a Millán —movió un brazo hacia el despacho de la izquierda y volvió a lo suyo.

Murmuré un «gracias» que resultó inaudible. Y fue inaudible porque mientras hablaba, el monitor de la fumadora emancipada volvió a ladrar: «¡Te dije que Morgan nos la jugaría!». Qué pesado el Constantino.

Al entrar en el despacho indicado, tuve esa extraña sensación que te informa de que acabas de pillar a alguien in-fraganti. El individuo que se movió con un gesto de furtiva sorpresa era sesentón, de mediana estatura, cabello canoso pero abundante, rasgos no desagradables y cuello de camisa demasiado ancho para alguien de su edad. Manipulaba papeles sobre la mesa, como si estuviese buscando algo en concreto.

—¿Señor Millán? —pregunté.

—Sí, ¿quién...? —se quedó como paralizado, con una carpeta color marrón entre las manos.

—Me llamo Jaime Blasco y soy investigador —dije—. Trabajo para el señor Domínguez. ¿Podría concederme unos minutos?

Al enunciarle mi profesión se le acentuaron algo más las bolsas que ya tenía en los ojos. Dejó la carpeta sobre la mesa y señaló una silla.

—Sí, claro —dijo—. Aunque no entiendo... ¿Investigador?

—Bueno, ya sabe usted; con lo de su madre, quiere informarse de cómo habían quedado sus negocios y todo eso.

—¿Sus negocios? Pero si justamente anteayer recibí la visita de su abogado, interesándose por lo mismo —apareció un brillo de desconfianza en su mirada, mientras se sentaba—. Disculpe, no lo tome a mal pero, ¿podría mostrarme su identificación?

Lo hice. La observó y leyó como si fuese un pasaje de la Biblia.

—Si quiere llamar al señor Domínguez... —insinué.

—No, no, por Dios —sonrió por primera vez; tenía venitas de bebedor empedernido en las mejillas—. Es sólo que me ha sorprendido, nada más. Pues me ha pillado usted por pura casualidad... Vine a recoger una serie de facturas y documentos, para ver de solucionar los problemas que... —se detuvo, como si hubiese hablado demasiado—. En concreto, ¿qué desea saber?

—¿Administra usted ahora todo esto?

—Sí, pero eso no es ninguna novedad. Lo vengo haciendo desde el... —se esforzó por recordar— ...el setenta y uno, cuando me asocié con Rosa, que en paz descanse.

—¿Eran ustedes socios?

—Por supuesto.

«Eso no me lo había dicho Domínguez».

—¿Y hablaba usted de problemas...?

—Sí, el abogado ya tomó notas en su informe, supongo —se mostraba evasivo—. Por otra parte, tampoco es ningún secreto que por aquí las cosas no iban bien desde hace tiempo.

—¿El negocio no funciona?

Nos miramos, cada uno con su propia ración de perplejidad. Él, perplejo porque todas estas noticias me sorprendieran y yo, empezando a comprender que Domínguez no me había dicho de la misa la mitad. Según él, aquel estudio marchaba viento en popa.

—Usted ha podido comprobarlo —dijo Millán, señalando la sala de montaje—. Cuando Luisa termine lo que está haciendo, nos quedamos en blanco. ¡Pensar que hubo una época en que aquí se reunían hasta dos docenas de montadores...!

—¿Cómo fue que usted y la señora Trecet decidieron asociarse? ¿Se conocían ya cuando esto pasó?

—Claro. ¡Y quién no se conoce dentro de este dichoso mundo del cine! Yo suelo decir que formamos una gran familia... dispuesta siempre a tirarse los trastos a la cabeza. Tarde o temprano y aunque no lo quieras, acabas por encontrarte con quien sea. Yo estuve metido en la producción durante mucho tiempo. Ahí fue donde coincidí más de una vez con Rosa. ¡Qué mujer! —intercaló un suspiro en su monólogo—. Tenía una vitalidad impresionante; se la disputaban todas las productoras. ¡No quiera usted saber la de películas mediocres que consiguió salvar con sus filigranas en la sala de montaje! —nuevo suspiro—. Por eso mismo, cuando vio que con aquel don que tenía le resultaría mucho más rentable trabajar por su cuenta, no se lo pensó dos veces en recurrir a quien podía echarle una mano para instalar el negocio. Y me tocó a mí —sonrió, aunque con tristeza—. Me obligó a entusiasmarme con su idea, me empujó literalmente... ¡Era difícil resistirse a Rosa!

—Así que usted puso el capital.

—Fuimos al cincuenta por ciento desde el principio. Ella tenía sus ahorros y, además, supo librarse a tiempo del lastre que significaba su marido.

—¿Lastre?

—Bueno, yo ya me entiendo. Por lo que sé, aquella especie de moro no la dejaba respirar. La pata quebrada y en esa casa, ya sabe usted. Y Rosa no había nacido para ese régimen de vida; era demasiado abierta, demasiado extrovertida e inquieta como para quedarse encerrada entre cuatro paredes, lavando, fregando, cocinando y planchando.

—¿Y qué ha pasado para que el trabajo haya caído en picado?

Deslizó una mano por su cuello lleno de arrugas, pensativo.

—Mire usted, podría darle mil razones técnicas para justificar este fracaso, pero no serían más que palabras. El motivo es sólo uno y queda resumido en estas siete letras: miseria —vio que yo aguardaba el resto de su explicación y prosiguió—. Eso es, miseria. Todo el mundo se queja de que el cine se está hundiendo. Hay quien culpa al vídeo, otros a la falta de subvenciones oficiales, otros a que no existen buenos profesionales con ideas aprovechables... En el fondo, el único problema es el dinero; es decir, la falta de dinero.

—Creo que le entiendo.

—Es fácil de entender. Un ejemplo: cuatro chavales forman equipo y sacan adelante una película embarrancándose hasta las cejas —y con ellos, toda la familia—, pidiendo prestado, filmando de cualquier manera y produciendo unos esperpentos finales de mucho cuidado. Entonces, yo pregunto: ¿cómo vamos a pedirles a estos pobres artesanos que, encima, traigan el producto aquí, a un estudio profesional de montaje, para encarecer un poco más la película? No, lo que hacen es montársela ellos mismos, con lo cual, el churro se convierte en doble churro. Y así va la industria.

—Sin embargo, tengo entendido que ustedes contaban con una clientela más o menos fija. Antiguos amigos, por así decirlo.

—Sí, antiguos amigos, nombres acreditados de nuestro cine. Pero acreditados o no, las pasan tan canutas como el que más. Eso, sin contar con que hay muchos directores que no permiten que nadie intervenga en el proceso de editaje de su película, incluido el montaje. Mire, Berlanga fue uno de los últimos en traernos algo, a mediados del año pasado; Rosa en persona quiso supervisar el montaje. Prácticamente fue su último trabajo, antes de que comenzaran sus problemas de salud.

—Y en el terreno de cine industrial, ¿no intentaron ustedes nada?

—Todo; lo probamos todo. Aceptábamos desde cortos hasta spots publicitarios, pero ni así.

Ahogó un bostezo como bien pudo; se le veía cansado, pero con ese casancio que es fruto de años y años de brega, para acabar conduciendo el barco a un puerto sin vida.

—Ella se resentiría de esta situación... —dije.

—Por supuesto. Estaba viendo cómo desaparecía el producto de todas sus ilusiones... Imagínese de qué forma había bajado la guardia, que hasta estaba pensando seriamente en mi antigua proposición de matrimonio.

—¿Usted le había propuesto...?

—Cada día, desde que arrancamos con todo esto. Se lo insinuaba, se lo pedía, se lo suplicaba casi; pero ella siempre me respondía con una broma, saliéndose por la tangente. Me temo que no le habían quedado muchas ganas de repetir el experimento, tras lo de su primer matrimonio.

—¿Y dice usted que, antes de la desgracia, ella accedió?

—Bien, acceder tal vez sea una palabra demasiado drástica. Digamos que me abrió el camino a la esperanza... —mesó su barbilla, mientras su mirada se perdía por entre las sombras del recuerdo—. Estaba agotada, como yo. Y ya no era tan joven como antes, también como yo. Le dije que lo más sensato que podíamos hacer era reunir los cuatro cuartos que nos quedaban y olvidarnos de las tensiones que acarrea un trabajo como este.

—¿Notó usted como si estuviese mucho más nerviosa de lo normal en estos últimos días? Me refiero a que si parecía como si algo la inquietase.

—Tenía motivos suficientes, ¿no? ¡Claro que estaba nerviosa!; y muy irritable. Antes de que sufriese el segundo ataque, se pasaba las horas dando vueltas por este mismo despacho como un león enjaulado. En cierta ocasión, incluso la oí gritar a alguien por teléfono; sus voces llegaban hasta el estudio. Entré para ver qué es lo que ocurría y...

—¿Discutía con algún cliente? —contuve el aliento.

—No sé, no quiso decírmelo.

—¿Recuerda más o menos en qué fecha sucedió ese episodio?

—Pues... hacia julio, más o menos. Pocos días antes de lo del infarto. Pero ya le digo que todo era causado por...

—Haga memoria, por favor. ¿Qué decía exactamente la señora Trecet cuando usted entró en el despacho?

Se le arquearon las cejas por la sospecha; tantas preguntas habían hecho renacer su precaución hacia mí.

—Perdone, pero no entiendo ese interés por... —dijo.
—Es muy importante, se lo aseguro. ¿Qué decía la señora Trecet?
—Es que no lo recuerdo muy bien... Era algo así como: «¡Te he dicho que me dejes en paz de una vez!». No sé, una cosa por el estilo. Cuando vio que yo entraba, colgó con un golpetazo y no quiso aclararme de qué se trataba. En fin, no creo que...
—Señor Millán, ¿le gusta a usted Buster Keaton?
La pregunta le dejó sin capacidad de reacción durante unos segundos; era lo que le faltaba para decidir con toda seguridad que yo era un bicho raro y poco aconsejable. Mantuvo la boca abierta un buen rato y luego, sin perder de vista ni uno solo de mis movimientos, dijo:
—¿Keaton, dice usted...? Bueno, yo... sí, me gusta; pero prefiero a Charlot. Oiga, ¿de veras que el señor Domínguez le ha pedido que...?
—Sí —me levanté—. Pero no se preocupe, se acabaron las preguntas.
Le volvió el color a la cara paulatinamente, mientras respiraba aliviado. Se levantó para tenderme la mano y en ese instante vi la caja que hasta entonces había quedado escondida a mis ojos, tras un mueble archivo de madera. Tragué con dificultad.
—Perdone; eso de ahí... —señalé el objeto.
—¿Qué...? ¡Ah, eso! —sonrió, al ver la caja—. Es muy gracioso; alguien se ha equivocado, mandándome... pero espere, que se lo enseño —tomó la caja y la depositó en la mesa; era del mismo tipo de embalaje que el utilizado para el envío del sombrero—. Vea —dijo Millán—. ¿A que tiene gracia?
Abrió las solapas y sus manos hicieron surgir un traje de marinerito, como los que llevaban antiguamente los niños para su primera comunión, pero de talla de adulto. Era de color azul oscuro, con cuello triangular y solapas ribeteadas doblemente en blanco.
Keaton llevaba un traje idéntico en «El navegante».

SEIS

Le pregunté a Millán si no le importaría prestarme el traje de marinero con caja incluida. Me respondió que no, que de todas formas, tampoco hubiese sabido qué hacer con él. Pero su inquietud se agudizó; a estas alturas, mi presencia en el estudio por cuenta del hijo de la difunta, con objeto de comprobar el estado del negocio, sonaba inequívocamente a cuento tártaro.

—¿Cómo recibió la caja? —quise saber.

—Según me dijo Luisa, la dejaron frente a la puerta de entrada. Ella la encontró esta mañana, en el suelo. Perdone, pero tengo la sensación de que las cosas no van bien.

Esperó una respuesta que yo no podía darle. En cualquier otro momento, ajeno a las circunstancias que nos encontrábamos, la idea de que el espíritu de Keaton hubiese revivido para burlarse un poco de media docena de mortales me hubiese parecido divertida. Lo malo era que yo no suelo creer en espíritus y, sobre todo, que aquella frase recitada por Rosa Trecer ante su hijo, en plenos desvaríos febriles, se alzaba lentamente como una amenaza real y palpable. Que alguien podía estar molestando a la montadora —¿y haberla liquidado...?— empezaba a entrar dentro de lo posible.

Me deshice como pude de Millán, recibí una caída de ojos sesenta por ciento desdeñosa y cuarenta por ciento indiferente de Luisa, la operaria, cuando crucé el estudio, y salí a la oscuridad nocturna con la caja bajo el brazo.

Se me hizo de noche mientras dejaba el traje junto al sombrero, en el despacho, y me deslizaba por Vía Layetana, en busca del edificio de Jefatura. Cuando entré, el ambiente andaba cargado y la mala leche se pegaba a las paredes como un barniz indeleble. Estas son cosas —sensaciones, mejor dicho— más perceptibles a partir de haber quemado las quinientas primeras horas dentro de aquel recinto singular. Yo superaba en mucho esa cifra.

El número que llevaba la centralita estaba comentando con Peláez de Homicidios, lo de la última fuga de Ruiz-Mateos.

—...Y al colega que lo custodiaba, le ha caído un puro de por vida —decía el machaca telefónico.

—¡Ese tío se merece que le den por culo con alambre de espino! —sentenció Peláez.

Me vieron y cortaron la cháchara, con esa brusca sobriedad con que los de su colectivo social pasan de ser simples seres humanos a servidores de la ley. Peláez tenía una contusión bajo el ojo derecho que le estaba derivando hacia un color tornasolado francamente artístico.

—Ahí viene la plaga —dijo el del teléfono, señalándome.

—Buenas tardes nos de Dios —hablé con Peláez—. ¿Sería mucho pedir si pregunto quién llevó el caso de Rosa Trecet?

—No sé quién es —se encogió de hombros—. ¿Pajillera...?

—No, montadora.

—¿De números raros?

—De películas.

—Ah... —me miró, sin dar muestras de haberme entendido—. ¡Ah! —le vino el recuerdo a la memoria—. Anibal se acercó un momento a echar un vistazo, pero de *caso* nada. La señora estaba jodida del reloj central y palmó por las buenas.

—¿Está Anibal por aquí?

—No. Y para ti, es el inspector Sartorius.

—Tiene apellido de comunista.

—Errores de la naturaleza —sonrió, pasando un par de dedos por la contusión—. ¿Desea algo más, el señor?

—Pues no. Sólo quería saber si no hubo nada de anormal en lo de la Trecet.

—¿Y por qué quieres saberlo? —se interesó de repente.

—Cosas de mi trabajo.

Sonó el teléfono y yo corté la conversación con mi habilidad proverbial, es decir, huyendo con prisas pero sin pausas. Desde que Cano abandonó la dirección de la brigada, corrían malos tiempos para el menda dentro de la santa casa.

«Palmó por las buenas» —había dicho Peláez—. Pero la imagen de los tres regalitos escapados del túnel del tiempo no se me borraba del pensamiento. Sentía en las entretelas de mi organismo que algo no iba bien y, lo que era peor, que ese algo no tardaría en estallar. ¡Buenos somos los de Reus para detectar vagas premoniciones como esa!

Laura se dio cuenta enseguida de que algo me reconcomía. Nos besamos en el vestíbulo de su apartamento y cuando vio que yo no pedía nueva ración al entrar en la sala-comedor, colocó los brazos en jarras y elevó una ceja, mientras comentaba:

—¡Pasen y vean a Mister Alegrías, el hombre que pensaba sacarme el muermo que llevo encima tras una dura jornada de trabajo!

—Recuerda que no eres tú sola la que trabajas, ejecutiva de mis ardores nocturnos —me dejé caer sobre el tresillo.

Alzó la otra ceja, sin mover las manos de las caderas. Clavé mis ojos en ella y redescubrí una vez más la fascinación que me producía su presencia, el atractivo de aquel rostro perfecto, la certeza de que formaba parte de mi presente, como lo formaría de mi futuro, fuese éste cuál fuese.

—¿Haría usted el favor de acercarse? —tendí una mano en su dirección.

No dijo ni que sí ni que no, pero avanzó lentamente hacia mí. Vestía un jersey finito, ancho y a rayas grises y oscuras, que resaltaba hasta el más mínimo movimiento de su pecho. Los pantalones eran de pana negra, ceñidos; también resaltaban todos los movimientos, pero de la zona inferior. Tomó asiento junto a mí, envolviéndome en aquel perfume de fragancias limoneras que solía utilizar para enloquecerme un poco más cada día.

—¿Cómo está lo de la fusión de la Maxwell? —la atraje hacia mi pecho.

—A punto de caramelo —colocó su cabeza bajo mi mentón.

—Me alegro —dibujé una hilera de cortos besos desde la parte inferior de su oreja, hasta las cercanías de la garganta—. Y hablando de fusiones...

La sentí estremecer al impulso de mis caricias. Nos achuchamos un poco más, pero de pronto se apartó, como si hubiese recibido una descarga eléctrica. A eso ya me tiene muy acostumbrado.

—¿Y ahora qué pasa? —pregunte.

—Cada cosa a su tiempo —dijo, recobrando el aliento.

—A veces tengo la extraña sensación de que fuiste tú quien inventó el coitus interruptus —busqué un pitillo.

—No te enfades —me besó en la mejilla—. Quiero que me cuentes qué tipo de encargo te ha hecho ese cliente tuyo, para que llegases con la cara con que llegaste.

Suspiré. Cuando le detallo alguno de mis casos, se horroriza y me manda callar. Si no lo hago, se muere de ganas por saberlo. Así es Laura. Y así soy yo, nos ha piolado el filósofo. Total, que se lo conté. Siguió mi relato con absoluto interés. Yo mismo me iba dando cuenta, a medida que hablaba, de que la historia parecía una película. Al terminar, transcurrieron unos segundos en que los dos parecíamos sumidos en pensamientos convergentes.

—¡Qué raro! —dijo ella, por fin.

—Sí; raro y poco fiable.

—¿Qué quieres decir?

—Que todo es demasiado idílico para mi gusto.

—¿Preferirías que hubiese cadáveres y un montón de vísceras de por medio?

—No seas melodramática; yo ya me entiendo.

—¿Te apetece una cerveza? —se levantó.

—Eso siempre.

Me la trajo y volvió a sentarse. Seguía pensando en lo que yo acababa de relatarle.

—Dime una cosa —dijo.

—¿Qué?

—Ese Keaton, ¿por qué no se reía nunca?

—Supongo que primero por cuestiones comerciales; el público quería verle siempre serio. Y andando el tiempo, supongo también que porque la vida no le ofreció demasiadas gratificaciones.

—Pero él fue una estrella, un hombre importante…

—Eso son palabras. La verdad es que estuvo hospitalizado por alcohólico; que su mujer —una de los Talmadge, una familia de aristócratas del cine— le chupó la sangre de mala manera; que la industria le volvió la espalda y casi tuvo que arrastrarse de estudio en estudio, haciendo poco menos que de chico de los recados. Y luego, para rematar, cuando descubren que era un genio y se reponen sus películas, ya no le quedaba tiempo para nada y se murió. Yo tampoco me hubiese reído, de ser él.

Asintió, valorando mis palabras.

—¡Pobre hombre! —palmeó luego sus piernas como si hubiese tomado una súbita decisión—. ¿Qué quieres para cenar?

—Me da igual; lo que de veras me importa es el *postre* —lo dije, con evidente intención.

—¡Qué guarros sois los hombres! —se dirigió hacia la cocina, escondiendo una sonrisa—. ¡Parece que no viváis más que para una cosa!

—Venimos de las bestias, no lo olvides —alcé la voz, dedicándome de nuevo a la cerveza.

Preparó una ensalada con apio, lechuga, aceitunas y rodajitas de zanahoria, una tortilla con jamón y un par de rollitos de primavera que le habían sobrado días atrás y languidecían en la nevera. Pasé de mi rollito y se lo cedí. «Saben a entrepierna de vieja» —dije, agachándome a tiempo para no recibir un hueso de aceituna en plena jeta—. A las diez y media ya estábamos en la cama. Si esto no es templanza y sanas costumbres, que baje el paciente Job y lo vea.

—¡Qué raro! —repitió Laura, acurrucándose contra mí entre las sábanas del lecho—. ¡Un traje de marinero...!

—Déjalo correr. Será algún tarado con ganas de gresca.

Pasaron unos minutos más. Se estaba bien así, oliendo a ropa lavada con suavizante, sintiendo la piel de una mujer contra la mía, respirando casi al unísono con ella. De pronto, advertí que sus manos se intercalaban entre mis entresijos más íntimos.

—¿Qué haces? —pregunté, presa de un imparable escalofrío.

—Comprobar la mercancía. ¿No lo hacéis vosotros también, con todo lo que lleva faldas?

—La verdad, yo no suelo... —sus dedos seguían recorriendo mi terreno.

—Pues yo sí. Cada día soy menos joven y tengo que aprovechar el tiempo.

—En este caso, con permiso...

Comprobé, a mi vez, su mercancía. Y luego pasó lo que suele pasar en estos casos.

SIETE

Barcelona y martes. Pisé la calle antes de dar las ocho y media y descubrí uno de los portentos más singulares de la vida moderna: había sol en el cielo y sin embargo su luz no llegaba a nosotros, los ciudadanos de a pie. Un experto en temas atmosféricos pontificaría que ello era debido a la niebla baja o a las brumas matinales, creadas por la condensación térmica nacida de un grupo de estratocúmulos llegados desde los países nórdicos. El pueblo llano califica ese fenómeno de una forma mucho más directa, concisa y clarificadora: pelotazo de mierda que viene de la contaminación general.

Sea como fuese, costaba un esfuerzo respirar con naturalidad. El quiosquero de Gran Vía lanzaba esputos incontrolados sobre un montón de Vanguardias y las jovencitas más frioleras avanzaban con cara de frío hacia la Universidad, cobijándose dentro del primer jersey de la temporada. Tampoco había para tanto.

Compré el periódico y me introduje en mi rincón habitual del negocio de Fermín. Pedí la media ensaimada rellena y el carajillo reglamentario y mientras desplegaba las noticias sobre la barra, me sentí picado por la curiosidad.

—Fermín —dije a mi suministrador de energía alimenticia—, ya sé que te lo he preguntado muchas veces —las mismas que tú no has querido responderme—, pero... ¿qué haces con la otra media ensaimada que te sobra de mi pedido diario?

Amagó una sonrisita bajo su bigote de gallego sabio y se lo estuvo pensando un buen rato, antes de hablar. Por fin, decidió que había llegado el momento de las confidencias trascendentales y dijo:

—Ea, la cosa no tiene ningún misterio. Guardo la mitad sobrante y se la doy a usted mismo al día siguiente. Espero que no se me cabree...

—Cabreado no; sorprendido es lo que estoy. ¿Cómo es que nunca me he dado cuenta? Debería encontrarlas apelmazadas, ¿no?

Negó con la cabeza, manteniendo la sonrisa. Señaló el horno microondas.

—Con esto, quedan como recién salidas de la pastelería.

—Ajá. Oye, ¿y si no vengo a desayunar?

Se encogió de hombros.

—Entonces se la doy al gato.

Perfecto; misterio desvelado. Me dediqué a mi carajillo, encendí un «Sombra» y leí los titulares de la prensa. Supe que se estaba estudiando un decreto-ley, mediante el cual los matrimonios que ingresasen un sueldo cada uno, no tendrían que pagar la burrada que ahora pagaban; supe que un político alemán había dicho en la Cámara de Diputados que lo que hicieron los nazis con los judíos no fue más que un acto de justicia y que todavía se quedaron cortos; supe que la camarera holandesa supuestamente violada por Alexanco, el jugador del Barcelona, insistía en que hubo coito y exigía una reparación. Y así hasta el final.

Informado de los males que azotaban al mundo, acabé con el refrigerio, salí hacia el despacho, comprobé que mi contestador automático seguía tan vacío como siempre, contabilicé una nueva formación de hormigas caseras en la base del muro que daba a Pelayo, saludé a la Roser y no fui correspondido, retiré el correo del buzón y partí definitivamente a ganarme la vida.

Esta vez tenía que ganármela en Gracia, en la calle Encarnación, lindando con los antiguos Cuarteles de Gerona. Allí vivía Modesto Domínguez, el padre de mi cliente.

La casa era de cinco plantas, tenía la fachada reformada y un puñado de balcones que rivalizaban entre sí por ver cuál de ellos era capaz de contener mayor cantidad de bombonas de butano por metro cuadrado. Mantuve un breve pero intenso pugilato lingüístico con el hombre que me hablaba por el portero automático —era el mismo Domínguez—, hasta lograr el milagro de la apertura de la puerta. El no entendía muy bien quién era yo y cuando lo supo, pareció no fiarse. Yo acabé diciéndole que me mandaba su hijo. A todo esto, ya se había formado un corrillo en la calle, junto a mí, con el vencidanrio a la que saltaba, siguiendo nuestra conversación.

Pero, repito, al fin logré entrar. Subí y en el segundo piso ya me aguardaba Domínguez, plantado en el umbral y con la puerta a su espalda, semientornada. Parecía dispuesto a defender su vivienda con cada una de las escasas fuerzas que debía albergar su castigado organismo.

«Castigado» era la palabra justa para definir al hombre que se hallaba frente a mí. Era simplemente un anciano, impersonal y con los rasgos desfigurados por la decrepitud más elocuente.

Pasaría de los setenta y los pasaba mal; era de mediana estatura, los hombros se le vencían irremediablemente, tenía las mejillas resecas, los ojos huidizos, una guedeja amarillenta tras cada oreja, unos labios exangües y una boina de las de antes de la guerra, hundida sobre su calva cabeza.

—Perdone si le molesto tan temprano —dije.

—Ya. Pero, exactamente, ¿qué quiere usted?

No se movía del umbral, en plan «el abuelo del Coloso de Rodas», piernas algo separadas y mano izquierda bamboleante por alguna esclerosis lógica de su edad. Era mi turno para soltar un embuste piadoso; lo hice, pero sintiéndome —como cada vez que esto ocurre—, un ser bastante odioso.

—Soy escritor —dije—. Estoy preparando un libro sobre grandes profesionales de la industria cinematográfica española y, por supuesto, en él se incluirá la figura de Rosa Trecet. Pensé que usted, habiendo estado casado con ella...

Me había escuchado mascando prácticamente mis palabras. Cuando mencioné a su ex, aquellos ojillos suyos se llenaron de chispas extrañas. Chispas de fastidio, resentimiento y, tal vez, también envidia. Añadí:

—Yo... fui a ver a su hijo y él me dio su dirección.

Se cubrió la boca con la mano, no sé muy bien si para ahogar un bostezo o para impedir que yo advirtiese alguna mueca extraña en ella.

—Sólo serán unos minutos —insistí, al advertir su silencio.

—Bueno... —empezó a ceder—. Yo estaba desayunando y...

—Haga lo que tenga por costumbre. Yo me siento junto a usted y le hago media docena de preguntas. Será muy fácil.

Movió la cabeza, dando muestras de haber asimilado mi mensaje. Entró en el piso y me dejó pasar luego a mí. Un intenso olor a cerrado se introdujo a traición hasta lo más hondo de mis fosas nasales. La casa hedía a humedad vieja, a ropa mal lavada, a mil refritos caseros amontonados sobre el roñoso papel pintado de las paredes, a vejez solitaria, a falta de recursos económicos y a la desidia con que un ser humano puede acostumbrarse a tanto hacinamiento. Y todo este conglomerado oloroso, apenas sin haber pasado casi del vestíbulo.

—Venga —dijo Domínguez, caminando hacia la puerta que conectaba con el interior de la vivienda.

El trayecto fue corto. Un breve pasillo conducía al comedor, un cuartito algo mayor que una jaula de canarios. Vi un aparador ennegrecido por la grasa y el tiempo, media docena de sillas destartaladas, una mesa cuadrada cubierta por un mantel lleno de lamparones y cercos de vasos, un reloj de los de poleas colgantes y unos ventanales con cristales churretosos de suciedad, que debían de dar al patio interior de la manzana.

Domínguez me señaló una silla, junto a la mesa.

—¡Siéntese! —ordenó, casi.

El también lo hizo, situándose frente a un plato humeante. Por lo que pude ver, se trataba de una sopa de pan y olía a tomillo, además de estar cargada de lunas aceitosas. El viejo no se anduvo con rodeos y procedió a darle a la cuchara con pasmosa rapidez.

—Lo primero es lo primero —sentenció, engullendo luego la primera porción de mejunje; luego, con la boca llena, completó la frase—. A mi edad, lo más importante es comer a tus horas. Y si no comes, mal asunto. Esto quiere decir que algo no marcha bien dentro de ti —se tocó la barriga.

—Claro, claro.

Siguió comiendo, adornando el refrigerio con sonoroso sorbeteos. Andaba ya por la mitad del plato, cuando de pronto pareció tomar conciencia de que yo seguía junto a él y me dijo, agitando la cuchara en el aire:

—¡Diga, diga lo que sea!

—Con su permiso... Empezaremos, si es tan amable, por la forma en que usted y la señora Trecet se conocieron.

—A ver si resultará que su libro es una de esas historias de chafarderías, como las revistas... ¿cómo las llaman? ¡Del corazón, eso es! —sorbió de nuevo.

—No es ésa mi intención —acerqué mi silla un poco más a la mesa—. Es sólo que... a la gente le interesa conocer el lado humano de la gente famosa.

—¡Chafarderías! —repitió, buscando el pañuelo en un bolsillo para secarse la mojada barbilla.

—Como usted prefiera.

No insistí porque él procedía entonces a rebañar el plato con fruición. Secó por segunda vez su boca con el pañuelo cuando hubo concluido con el rebañado y saboreando aún la proximidad de la sopa entre sus encías, pareció recuperar sus recuerdos.

—Ella trabajaba en unos estudios de Las Corts —dijo, al fin—. Unos estudios que ya no existen. Los echaron abajo sobre el... cincuenta y pico. Allí, ella hacía de... no sé cómo las llaman; son las que van controlando el guión de la película que se está rodando y tomando nota de los cambios que se hagan sobre la marcha.

—Era script.

—Exacto. Trabajaba de script. Aunque tocaba muchas otras teclas, como todo el mundo en esa época —se quedó meditando unos segundos—. Además, prácticamente era una cría y supongo que la harían moverse como un... Aunque no crea usted, ella no fue nunca de las que se dejaban tomar el pelo con facilidad.

—Así, ¿usted también trabajaba en el cine?

—¡Qué va! Estuve una temporada porque, como ya le he dicho, había mucha necesidad. ¡Eran malos tiempos aquéllos! —nueva pausa—. No, lo mío ha sido siempre la mecánica eléctrica. A comienzos de los sesenta conseguí entrar en la Seat y allí me quedé hasta la jubilación —dijo estas últimas palabras con un deje de orgullo en la voz y luego, de repente, se levantó—. Espere —dijo—; voy a por el café con leche.

—Desde luego. Usted mism...

Me dejó con la frase sin terminar. Desapareció hacia lo que yo supuse era la cocina y al regresar llevaba un tazón humeante entre las manos. Lo dejó en la mesa, abrió una caja de magdalenas que tenía reservada no muy lejos de él, extrajo un par de pastas de las ya citadas del interior de la caja, las desmenuzó y sumió en el tazón y mientras aplastaba un poco más la masa resultante con una cucharilla, reanudó su relato anterior sin que yo tuviera que azuzarle para que lo hiciera.

—Resumiendo: nos casamos —dijo—. La verdad es que yo era bastante mayor para ella, pero...

Sus silencios cada vez resultaban más significativos y cortantes. Empecé a comprender que me contaba sólo una parte de los recuerdos que iban llegando a su mente. De cualquier forma, esta vez traté de sonsacarle:

—Pero, ¿qué? —pregunté.

—No, nada —el embuchado que se había formado por las magdalenas y el café con leche ya casi alcanzaba la categoría de cemento fresco—. Hay cosas que es mejor no tocarlas —dijo—. Ya sabe usted a qué me refiero.

—Pues...

—Cosas que no interean a nadie —remachó la idea y luego manipuló con la cucharilla en la argamasa, empezando a comer.

—¿Vivían ustedes aquí? —pregunté.

—No, en su casa. Yo, de soltero, estaba en una pensión; o sea que el cambio me vino muy bien.

—Disculpe, pero ella, con apenas veinte años de edad y recién llegada de México, ¿ya tenía casa propia?

—Su primo Juan le alquiló un piso. El actuaba también un poco como tutor suyo. Hasta que ella se casó, claro. Tenga usted en cuenta que ella no hubiese podido venir a España por su cuenta, al menos hasta haber cumplido los veintiuno —me miró repentinamente con gran interés—. Oiga, ¿no apunta uste nada de lo que le estoy diciendo? Yo pensaba que ustedes siempre llevaban encima uno de esos cacharritos grabadores...

—En mi caso no me hace falta. Tango muy buena memoria.

—Ah, ya —dijo, no muy convencido—. Yo también tenía una buena memoria... de joven.

Había una pregunta que me atormentaba desde que vi por primera vez a Domínguez en el umbral de su piso, y mucho más ahora que iba conociéndolo un poco. Y la pregunta me atormentaba porque nunca podría formulársela directamente. Era ésta: ¿qué pudo ver Rosa Trecet, una mujer que, según parecía, era una mujer segura de sí misma, emprendedora y, como se suele decir, de rompe y rasga, en aquel hombre que consumía pasta lechosa frente a mí? A menos, desde luego, que los años hubiesen actuado con excesiva crueldad en Domínguez, arrancándole un buen montón de atractivos personales de los que ahora carecía.

—Tengo entendido que la señora Trecet siguió trabajando, tras haberse casado —dije.

No me respondió enseguida. Paladeó la pasta que tenía en la boca y luego asintió.

—Sí, claro que siguió trabajando —había retintín en sus palabras—. Rosa era del tipo de mujeres que no pueden quedarse mucho tiempo en casa, porque enseguida se les caen las paredes encima.

—Conozco algunos hombres a los que les pasa lo mismo...

—Yo ya me entiendo.

—Pero al tener al niño, se vería obligada a...

—¡Ca! ¡Qué se cree usted eso! Se llevaba al crío donde fuese: a los estudios, a los rodajes, a cualquier prueba que se organizase para buscar nuevas montadoras... Me parece que fue Rosa quien inventó lo de llevar al hijo colgando de la espalda, como si fuese un indio. Bueno, después de todo, algo de india debía de tener ella, viniendo de donde venía...

Había sonreído feamente al emitir este último comentario. No le repliqué lo muy racista que me había parecido el mismo, pero, con todo, éste y otros pequeños detalles me permitían concretar con mayor exactitud el tipo de carácter y de modo de pensar del marido de la montadora.

—A usted no le gustaría esa situación —dije, para tantearlo—. Una mujer que se va de casa, con el niño a cuestas...

Consumió un par de cucharadas antes de responderme. El despecho que parecía llevar dentro era mucho mayor que aquel sentido tan estricto de la discreción que hasta ahora me había demostrado.

—¡Claro que no me gustaba! —dijo, soltando la cuchara con brusquedad—. ¿A qué hombre le gusta algo así? Llegabas a casa y las camas seguían sin hacer, como cuando te ibas por la mañana. Y no hablemos de la comida... ¡Todo patas arriba! Además, apenas nos veíamos si no era los fines de semana y... En fin, que el niño creció de la peor manera que pudo. Su educación dejó siempre mucho que desear.

—Pero imagino que su esposa lo haría para prosperar y poder optar a un nivel de vida más acomodado.

—¡Para prosperar ya me tenía a mí, partiéndome los cuernos todo el día para poder mantenerlos! —se golpeó el pecho—. Yo era muy capaz de sacar adelante una familia, sin ayuda de nadie. Y más desde que me dieron el puesto en la Seat. Pero no, a la señora le gustaba moverse por ahí, hacerse notar, ponerme en ridículo, en una palabra.

—¿En ridículo?

—¡A ver si no! Dios puso al hombre en la tierra para cuidar de los suyos, ¿no? ¡Lo dicen los Evangelios! Y también dicen que el puesto de la mujer está en casa, a cargo de los hijos, teniéndolo todo a punto y en orden para cuando llega el marido del trabajo, cansado pero satisfecho.

Se le habían arqueado las cejas mientras hablaba y su mano artrítica se agitaba mucho más que de habitual. Yo no estaba allí para discutir de feminismo con nadie, así que me guardé mi réplica —que la tenía— en la caja de mi cerebro donde suelo guardar este tipo de cosas, cuando ejerzo de perdiguero.

—Retrocedamos un poco en el tiempo —sugerí—. ¿Le dijo su esposa que había trabajado con Buster Keaton cuando vivió en México?

—Sí. Alguna vez salió en nuestra conversación, pero muy de pasada.

Se daba cuenta de que su arrebato había sido excesivo y volvía a encerrarse en aquella especie de medias tintas verbales que utilizaba como coraza. Insistí:

—¿A usted le gusta Keaton?

—Pues... Oiga, ¿a qué viene esto?

—Era una simple pregunta. Olvídela; no tiene mayor importancia.

Siguió mirándome, pero no por mucho tiempo.

—Keaton... ¡qué sé yo! La verdad es que no creo haber visto más de un par de películas suyas. Ya casi no voy al cine. ¡Cómo voy a poder ir al cine, con los apuros que me toca pasar? Cobrando una pensión de miseria y con el alquiler del piso cada día más caro...

Me sentí como si se me hubiera vuelto a escurrir por la tangente, eludiendo mi pregunta con habilidad.

—Se separaron ustedes en el sesenta y seis —dije.

—Ya veo que está usted enterado.

—Me lo dijo su hijo.

—Sí, claro.

—Por cierto, ¿se ven ustedes a menudo?

Detuvo el jugueteo que se llevaba con la cucharilla entre sus dedos. Me pareció que había estado esperando esta pregunta desde que llegué a su piso.

—¡No sólo no nos vemos —dijo—, sino que ni siquiera tiene la mínima decencia de preocuparse un poco por su padre! Ya ve usted cómo estoy, ¿no? Pues nada; él nada. Ni una miserable postal por Navidad. No, si en el fondo, ya podría haberme esperado algo así por su parte. Siempre tuvo una sola tirada: ¡la de su madre!

Pensé que cierto tipo de *tiradas* se obtienen básicamente por el amor y el respeto que se nos concede. Podía haberlo dicho, pero en lugar de ello, volví a lo del divorcio.

—Sin embargo, en el sesenta y seis la gente no podía divorciarse...

—Nosotros llegamos a un acuerdo. Bueno, lo del «acuerdo» no deja de tener su gracia —se le escapó media carcajada sarcástica—. ¡Lo cierto es que entre ella y Néstor, me echaron prácticamente de casa!

—¿Discutieron ustedes?

—Algo así. Desde luego... ¡menuda biografía le está saliendo a usted de la «gran figura nacional»! ¿Seguro que piensa publicar todo esto?

—Lo arreglaremos un poco, por supuesto.

—¡Mucho tendrán que arreglarlo! —vio que yo sacaba tabaco y los ojos se le volvieron dos platos soperos.

—¿Quiere uno? —le tendía la cajetilla.

—Bueno, si es ustad tan amable... —echó mano al paquete y se quedó con más de la mitad—. Cogeré un par para luego. Es que, tendría que bajar expresamente al estanco y...

Encendimos y me pareció que se le iba el alma en la primera succión. Me señaló con un dedo.

—Yo quisiera preguntarle... —dijo—, si ha hablado usted con alguien más de la familia sobre todas estas cuestiones.

—No. En realidad, sólo con su hijo y ahora usted.

—Mejor. Seguro que le contarán mil pestes de mí, a poco que se descuide. Sé muy bien en qué concepto me tienen, pero con esto sólo demuestran ser una pandilla de resentidos. ¡Me gustaría haber visto qué hacían ellos en mi lugar! ¡Si yo explicase un par de cosas...!

Esperé, pero la posible confidencia parecía haberse cortado de nuevo de raíz. Domínguez daba muestra de ser otra vez aquel muro de carne y huesos donde rebotaban mis intenciones de profundizar en el tema.

—¿Un par de cosas? —le pinché.

—Dejémoslo. Matemos la cuestión —concluyó taxativamente—. Por otro lado, creo que Rosa estaba tramitando nuestro divorcio, antes que le diese el ataque. ¡A buenas horas se acordaba de legalizar la situación! Seguro que tendría algún manso rondándola, como siempre.

—¿Coincidieron alguna vez, tras separarse?

—No, nunca. Me llamó a primeros de año, para hacerme saber que estaba preparando el papeleo del divorcio. Le dije que se fuese al diablo, así como suena. Veintidós años sin oír su voz y cuando me habla es para citarme ante el notario. Claro, como las cosas le iban tan bien, supongo que podía permitirse...

—En esto se equivoca. Su negocio dejó de funcionar hace algún tiempo.

—¿Sí? —parecía realmente sorprendido— Bueno, pero seguro que debía tener las espaldas bien cubiertas. ¡Años y años acumulando dinero...!

—En el entierro coincidiría usted con su hijo.

Siguió fumando, mientras asentía. Por primera vez desde que iniciamos nuestra conversación, vi que su tristeza era mayor que sus resquemores.

—Apenas me saludó —dijo, con un hilo de voz—. Ni siquiera en el cementerio nos dirigimos la palabra. De verdad, no sé que clase de opinión puede tener ese chico sobre mí, para tratarme de este modo.

Se le habían humedecido los ojos visiblemente. Cambién de tema, para descongestionar el momento emotivo.

—Señor Domínguez, en estos últimos días, ¿ha recibido usted por casualidad algún objeto extraño? Un objeto a su nombre, embalado dentro de una caja de cartón que...

No me comprendió enseguida, sumergido como estaba en sus quimeras familiares. Pero cuando mis palabras calaron en su mente con todo su sentido, trocó su prevención en abierta hostilidad hacia mí.

—Oiga, ¿quién es usted?

—Pues un escritor, ya se lo dije.
Le temblaba el mentón. Apartó la silla con brusquedad al levantarse.
—Un escritor no hace esas preguntas —dijo.
—Le repito que...
—¿Es... policía?
—Le juro que no.
—Pues si no es un policía, ¡vayase!
—Mire, lamento si he podido...
—¡Fuera! ¡Hemos terminado!
Comprendí que estaba al borde de la apoplejía. Apenas se sotenía en pie y su débil cuerpo se cimbreaba más y más por momentos. No quise cargar con la responsabilidad de haber provocado algo de graves consecuencias, por lo que cogí el paquete de tabaco, le di las gracias por todo y salí a trompicones, camino del recibidor.
Mientras bajaba las escaleras hacia el rellano inferior, escuché el sonido restallante del pasador de la puerta del piso de Domínguez, al ser corrido con furia.

OCHO

Los vacíos mentales de Domínguez senior y su reacción ante mi última pregunta dejaban bien claro que algo se ocultaba en la trastienda personal de su relación con Rosa Trecet, dejando al margen que hubiese podido recibir efectivamente algún objeto y que, por una u otra razón, él se empecinara en negarlo.
Y he aquí que se me ocurrió visitar el consulado de México en

Barcelona, por si allí fuese posible dar con algún dato del pasado de la finada, sobre todo antes de conseguir la ciudadanía española. La forma en que se había llevado a cabo aquel matrimonio entre espíritus tan dispares, seguía siendo un enigma para mí.

La sede del consulado estaba en la Diagonal, cerca de Ganduxer, casi en la ruta de salida de la ciudad y a medio camino de la zona universitaria. En el cielo, el sol seguía luchando lo indecible para romper la barrera brumosa del puré de guisantes atmosférico; luchaba y perdía.

Me atendió una jovencita que no tenía ningún aspecto de ser descendiente directa de los aztecas. Rubia de pelo lacio, pálida de piel y con una delgadez casi biafreña, tenía unas hombreras bajo el vestido que abultaban más que su propio pecho y enfundaba sus piernas de popotitos con unas medias de tejido de malla, oscuro. Aguardé a que completase la conversación telefónica que mantenía cuando yo entré y tras colgar el auricular con dos dedos formando pinza me dedicó un doble pestañeo, aunque sin ninguna intención erótica.

—¿Sí...?

—Soy Jaime Blasco, investigador —dejé mi tarjeta frente a sus ojos, pero no la miró—. Busco una información respecto a cierta persona que vino de México a Barcelona hará como... cuarenta y tantos años.

—¿Una persona...? ¿Nacida en México?

Muy lista la chica. Dedujo enseguida que, si vino de México, debía de ser mexicana.

—Sí —dije—. Creo que le dieron la ciudadanía española unos años más tarde. Se llamaba...

—No, es inútil —cantaba las palabras como una letanía inexpresiva.

—¿Cómo?

—Ese tipo de datos son privados, compréndalo usted.

—Es que no sé si nos entendemos. Yo no estoy pidiendo información sobre qué tipo de sangre tenía esa persona, ni si usaba calcetines de felpa en invierno. Lo único que pretendo es cotejar algunas fechas, como la del año en que vino de México, que previamente me ha dado la familia de la interesada.

—Perdone, pero, ¿no puede darle ella misma esos datos? —me lanzó un nuevo pestañeo, pero ahora bastante más atrevido; cuando me pongo en plan duro, me las llevo de calle.

—No, no puede dármelos porque murió. Era Rosa Trecet; tal vez haya oído usted hablar de ella.

—¿La señora que trabajaba en el cine? —apareció un conato de sonrisa tirando a burlona en sus labios delgados.

—Esa misma.

—Espere un momento, por favor.

Seguía sonriendo cuando pulsó un botón del intercomunicador. Habló en voz baja con alguien, asintió un par de veces, recitó mi santo y seña sobre el auricular leyendo la tarjeta y, al colgar, me indicó un asiento en el vestíbulo.

—El señor Cruces le recibirá —dijo.

—¿Quién es? ¿El cónsul?

—No. El ayudante del secretario.

—Ah, bueno. Peor es nada.

Comprendí que luchaba interiormente sobre la posibilidad de encabritarse conmigo, pero la lucha no duró más de dos segundos y al final optó por dejarme por imposible, que es lo que suelen hacer las personas sensatas.

Esperé doce minutos exactos en la silla del vestíbulo, entablando lazos de eterna amistad con una yuca que no lograría llegar a la próxima primavera. En este intervalo de tiempo descubrí un par de cosas que sin duda me serían de gran utilidad en mi vida futura: que la moqueta tenía dibujos en forma de exágonos irregulares y que la joven del mostrador se mordía el pelo mientras escribía a máquina. Ya lo decía mi padre: si sabes observar en cada momento y en cada situación, siempre sacarás algún provecho.

Bravo por mi padre.

Cruces salió personalmente a recibirme. Debía de ser uno de los atributos del ayudante del secretario del cónsul. Era un tipazo de metro noventa, gallardo a pesar de su buena sesentena y propietario de una barba canosa de lo más aristocrática. Me recordó bastante a César Romero, que no se vuelve viejo ni a tiros.

—Angel Cruces —dijo, tendiéndome la diestra—. Si quiere usted pasar al despacho...

Tan pronto dijo *Cruses* en vez de Cruces, su acento le delató. Este sí era oriundo de la tierra de Pancho Villa. Entramos en su nido; era coquetón y funcional. Cristales impolutos que daban a la Diagonal y banderita mexicana sobre la mesa. Presidiendo el lugar, la foto del actual presidente, faltaría más. Mientras nos sentábamos, no pude contener por más tiempo la curiosidad y pregunté:

—Dispense, pero cuando he mencionado a la señora Trecet, la joven de recepción ha sonreído como si le hubiese contado un chiste...

Ahora quien sonrió fue él. Tenía una dentadura como yo no la tendría en mi vida: necesitabas gafas de sol para escapar a sus reflejos.

—Es que la señorita Mir, como todos nosotros —dijo—, ha tenido que soportar una verdadera avalancha de personas que deseaban —creo— el mismo tipo de información que usted sobre esa señora, que en paz descanse.

—¿Cómo? No entiendo... ¿Dice usted que han venido preguntando por Rosa Trecet? ¿Pero quién...?

—Periodistas, estudiosos del cine... hasta un repórter de TV3. Claro, supieron lo de los orígenes mexicanos de la señora Trecet e imaginaron que aquí podíamos ofrecerles algún dato sobre su vida en aquel país...

—¿Y no tienen ustedes esos datos?

Movió los brazos, mostrando un cortés desconsuelo.

—Por supuesto que no —abrió un cajón lateral y extrajo un par de folios mecanografiados; echó un vistazo sobre ellos—. Sabemos que vino de Ciudad de México el veinte de noviembre del cuarenta y seis, que se presentó en este consulado, junto a... a Juan Albores, su primo, establecido ya en Barcelona desde siete años atrás y que...

—Juan Albores ejerció su tutela sobre Rosa Trecet —le corté.

—¿Lo ve usted? ¡Sabe usted tanto como nosotros!

—¿Y cuándo le concedieron la ciudadanía española?

—Pues... —nuevo vistazo a los papeles—... cinco años justos más tarde, ella misma la solicitó. Y la obtuvo en febrero del cincuenta y dos.

—¿Hubo algún problema en los trámites?

—No, no que yo sepa —mesó su barba, pensativo—. En su expediente no consta ningún contratiempo. De cualquier forma, no había razón para ello; la señora Trecet tenía un empleo fijo, unos ingresos demostrados y seguros... y por si fuera poco, estaba casada y había formado un hogar perfectamente normal. Si eso no es estar establecido... Lo del «matrimonio perfectamente normal» me hizo mucha gracia. El marido, por ejemplo, no opinaba lo mismo.

—¿Hay algo más en esa información? —pregunté.

—Nada; se lo he dicho todo —me observó, un tanto divertido—. Lo siento, veo en su rostro la misma decepción que sufrieron los demás señores que... por cierto —pareció acordarse de algo—, usted no es periodista.

—No; soy detective privado.

—Pues ahora quien no entiende nada soy yo. ¿Es que... ocurre algo que escapa a lo legal en este caso?

—No lo sé.

Creo que no había sido tan sincero en toda mi vida.

* * *

Enviar sombreros y trajes no escapa ni escapará nunca a lo legal. Eso lo saben aquí y en Constantinopla. La evidencia de tal conclusión me azotó casi de improsivo y no tuve más remedio que salir del consulado en un plan tirando a poco lucido.

Era casi hora de comer, pero antes prefería pasar por casa de Miguel Jové, el experto en Keaton, para revisar la lista que le pedí veinticuatro horas atrás. Según el resultado de dicha lista y según como pintase el asunto, almorzaría con calma y le diría a Domínguez que yo lo dejaba.

Empezaba a sentirme ridículo.

Cuando me separaban apenas treinta metros del portal de Jové, la ridiculez escapó de mi paquete de sentimientos y en su lugar tomó dramática forma un agudo pinchazo a la altura del esternón. Un coche-patrulla y una ambulancia ocupaban el espacio de acera frente al edificio donde me dirigía.

La poli y el depósito ambulante de miserias humanas.

Y Galíndez, para redondear el cuadro.

El inspector Galíndez, de Homicidios; el rey del carajillo entre horas, mi purga personal, mi drama irresoluto. Salía del asiento contiguo al del conductor en el mismo instante en que yo llegaba junto a él. Un número uniformado recitaba consignas sobre el micro de la radio control. Galíndez pareció avanzar hacia su pasma colega emplazado en el portal y entonces me vio. Su reacción fue fulminante y hasta cierto punto sorprendente. No para mí, sin embargo; no para un corazón curtido en reacciones sorprendentes de alguien tan equívoco como Galíndez. Sus pupilas descifraron el mensaje visual que tenían en sus narices. Y el mensaje era yo. Retrocedió hacia el coche, hundió la cabeza contra el techo de la carrocería y golpeó rabiosamente la chapa con ambos puños, simulando un gran desespero.

—¡No, no, no...! ¡Otra vez no! —decía.

—¿Ahora tenéis que seguir cursillos de arte dramático en Jefatura? —le pregunté.

—¡Habías de ser tú! —me miró—. Tenía que haberlo supuesto. ¡Dos días lejos de ti era demasiado bonito!

—Vamos Galíndez, ¿qué pasa?

—¡*Fiambre* es lo que pasa, como si no lo supieras! —tenía el semblante rojizo y el aliento revuelto.

—¿Quién ha muerto? —se me formó un nudo en la garganta.

—El escritor, ese tal Jover.

—Pero... ¿cómo?

—¿Cómo? ¡Con una flecha atravesada en la garganta! Original, ¿no?

NUEVE

Debía habérmelo imaginado.

En mi profesión, como en las cosas de comer y en los asuntos de faldas, no hay bromas que valgan. Y cuando alguien bromea, seguro que lo hace para salir finalmente por peteneras. Las peteneras, en este caso, se llamaban Miguel Jové.

El cuerpo había sido descubierto a media mañana por la asistenta que visitaba el piso del escritor un par de veces por semana, para quitar el polvo de muebles y alacenas; los fiambres, se supone, no entraban en su convenio laboral. A Jové se lo cargaron entre las nueve y las diez de la noche anterior; le golpearon en la cabeza y, una vez inconsciente, le cruzaron el cuello de derecha a izquierda con una flecha. Pero no una flecha de atrezzo, como la que atravesaba la chistera que alguien le mandó; esta vez la flecha utilizada era de caña y punta metálica. El instrumento afectó la arteria y entre el ahogo consecuente y la pérdida de sangre, el desgraciado ya no pudo volver a rascar bola. Todo esto lo supe gracias al informe preliminar del forense, recitado a oídos de Galíndez.

—Más tarde, cuando hayamos practicando las diligencias necesarias —dijo el galeno—, podré dar otros detalles.

Entendido. Es lo que se suele decir antes de que abran al interfecto en canal.

Galíndez me tuvo amarrado a su vera desde el primer momento, sin darme ninguna posibilidad de escapatoria. Tampoco me hubiese ido, que conste. De repente, aquella coña de los regalitos anónimos se había vuelto tan peligrosa como para que todos sostuviesen la ración de vela que les correspondía en el entierro, incluida la poli. De repente, también, mi apatía por el caso se esfumaba y no por la súbita presencia de un cadáver en la trama, ya que mis tendencias necrófilas son prácticamente nulas.

—Y ahora canta, corazón —me dijo Galíndez, sentado junto a mi, en la parte de atrás de su coche oficial.

En ese momento los camilleros sacaban el cuerpo del portal, dirigiéndose hacia la ambulancia. Los vecinos y curiosos revoloteaban por las cercanías como cuervos. Mi estómago graznó, exigiendo forraje; mi estómago es de un insensible que mata.

Canté, como me exigían. Todo, desde la primera llamada de Domínguez hasta mi aparición en escena frente a la casa de Jové. Con pelos, señales, nombres y apellidos. Con el tiempo, he aprendido que posturas personales como la de la inviolabilidad del secreto del cliente no conducen más que a disgustos para ti y para el cliente. Y encima, la bofia se te cabrea y te hace la vida imposible.

La exposición de los hechos me llevó sus buenos veinte minutos. Los curiosos fueron desapareciendo —en la tele daban más crímenes en directo a través del boletín de noticias y el caso Jové ya era sangre pasada—. Galíndez mordía la boquilla de su «Ducados», en pleno mono de Veterano. Mi estómago aceleraba su recital de sonidos perentorios, acompañado ya por los intestinos adyacentes.

—Voilá —dije, como colofón—. No hay más.

El poli tardó un poco en reaccionar. Es de ideas lentas, pero una vez que arranca no hay quien lo detenga. Sus colegas salían del edificio, con la satisfacción del deber cumplido estampada en sus rostros graníticos.

—Eso quiere decir que los otros que han recibido pijadas como la chistera de marras —comentó—, están igualmente en peligro. ¿No?

Ya lo dije antes: lento, pero seguro.

—Claro —asentí.

—No entiendo nada —reconoció.

—Chócala —pero no le tendí la mano.

—¿Qué pinta ese actor, Keaton, en toda la historia?

—Rosa Trecet trabajó con él en aquella película.

—Bueno, ¿y qué?

Encogí los hombros y al hacerlo descubrí que mis ruidos estomacales se detenían. Lo malo es que no puedes ir por el mundo con los hombros encogidos, a menos que quieras que te confundan con Quasimodo. Entraron dos colegas de Galíndez en el coche. No los conocía. Siempre es agradable descubrir caras nuevas. El del volante se giró hacia nosotros, preguntándole a mister Carajillo cuál era la ruta a tomar, pero sin palabras.

—Dame las direcciones de todos esos fulanos —me dijo Galíndez.

—¿La de Domínguez también?

—Tú dirás. Ese el primero.

Se las di y tomaron nota.

—En el despacho tengo el sombrero y el traje de marinerito —dije—. Sería bueno que les metiérais mano, para ver si descubrimos de dónde han salido. A vosotros, como largo brazo de la ley, os será más fácil que a mi.

Lo del largo brazo no le gustó, pero mi sugerencia le pareció oportuna. Le dijo al conductor que enfilase hacia Pelayo y el coche arrancó.

—Así, ¿habéis encontrado la chistera? —pregunté.

—Claro —lo dijo como si nunca se les escapase ninguna evidencia—. Sigo sin entenderlo... —meditó—. Esto no tiene ni pies ni cabeza. ¿Y dices que el padre del tal Domínguez no había recibido ningún regalo?

—Eso dijo, pero yo no trago. Le entró una cagalera de órdago cuando se lo pregunté.

—Luego le haremos una visita.

—Esto... y hablando de todo un poco... una vez tengáis los trastos que guardo en la cueva, supongo que podré seguir con lo mío...

—Seguirás, pero antes vendrás con nosotros a Jefatura.

—Pero, ¿por qué? —mi voz fue un puro lamento.

—Para repetir todo lo que nos has dicho, pero delante de un magnetofón. Y a lo mejor, hasta se te ocurre algo más que ahora se te ha quedado en el tintero.

—¡Es que tengo hambre!

—Si te portas bien, te haremos subir un bocata de bacon de la Trini.

Surgió un silbido dramático por el agujero de mi ombligo. ¿Tendría la solitaria?

* * *

Cumplieron su palabra y recibí el bocata de bacon como premio a mi declaración por duplicado. Pero lo que calmó definitivamente la sinfonía de mis forros interiores, fueron los tres cafés procedentes del artefacto del primer piso de la Central que deslicé —reconozco que a traición— por el canal de mi tráquea. En la DGS de Madrid están estudiando la posibilidad de incluir ese mejunje dentro de la lista de productos disuasorios utilizados por el Cuerpo en sus interrogatorios a gente sospechosa.

Me dieron las cinco entre una cosa y otra. A las cuatro y pico entró Domínguez, escoltado por un número de pelo rizado. Me vio sentado junto a los lavabos y dudó un momento, antes de decidirse a venir hacia mi. No traía buena cara. La mía tampoco debía ser ejemplar, imagino.

—Esta noche le llamaré a su teléfono particular —dijo, tan lacónico como siempre.

—Oiga, no he tenido más remedio que...

—Luego —sentenció, siguiendo al poli que le hacía las veces de cicerone.

Temí haber perdido un cliente.

Sin embargo, hasta «esta noche» y también hasta nuevo aviso, yo seguía vinculado al caso. Seguía y tenía un as guardado en la manga. Un as llamado Juan Albores, el primo de Rosa Trecet. No le dije nada a Galíndez del tal Albores porque no es sano contárselo todo de golpe a la poli. Y porque me gusta ser el primero en tocar todas las teclas del piano.

A las cinco y cuarto me hicieron firmar la declaración. Galíndez me recordó que no debía perderme demasiado por ahí. Yo le pregunté si estaba libre y él me respondió que como me diese un guantazo sabría lo que es la libertad. Así concluyó nuestro diálogo.

En Vía Layetana me dio una descomposición monstruosa y tuve que entrar urgentemente en el bar del Palacio del Cinema. «Café de Jefatura: su recuerdo es indeleble». Aproveché la coyuntura y, tras evacuar, pedí que me prepararan un emparedado de pechuga de pavo que tenía muy buena pinta.

Estaba rico.

DIEZ

Al ver a Juan Albores por primera vez, supe de qué rama de la familia procedían las mejillas hundidas y los ojos de mochuelo de Néstor Domínguez. Albores tenía esos mismos rasgos en su rostro, aunque mucho más suavizados por el cruel ejercicio de la vejez, capaz de alterar semejanzas y contrastes a su antojo.

El primo de la difunta vivía en un bonito piso de la calle Río Rosas, una de las vías barcelonesas más repleta de salones de masajes y de apartamentos dedicados al relax de la zona baja corporal. Por lo que pude ver, era un dúplex espacioso y amueblado con gusto. Según mis datos, Albores era viudo desde el setenta y uno.

—¿Detective, dice usted? —me preguntó desde el dintel, sosteniendo mi tarjeta sin dar muestras de querer leerla.

Le respondí que sí. Ahora ya no era necesario andar con embustes ni falsas identidades. Nada como un cadáver para que todo el mundo se quite la máscara.

—Estoy investigando un caso en el que podría verse implicada la señora Trecet —dije.

—¿Rosita...? —me miró, sorprendido—. Pero si ella...

—Sí, sabemos que, por desgracia, murió. Es una historia un poco larga y me temo que no podré darle detalles. Le diré, sin embargo, que su sobrino, Néstor Domínguez, me ha contratado para esclarecer este asunto. Serán un par de preguntas; no le molestaré mucho.

—¿Néstor...?

No lo entendía. Temí que tuviera que habérmelas con otro personaje escleróticamente afectado. Pero no, Albores parecía estar muy en sus cabales. Era de mediana estatura, vestía con pulcritud —chaleco y corbata incluidos—, se mantenía erguido a pesar de sus setenta y pico de años y con su pelo plateado y su nariz aguileña parecía un procurador de la antigua Roma, dispuesto a lanzar una filípica desde el foro, abogando por la creación de un nuevo impuesto.

—En fin, pase usted —dijo, al fin.

Su acento mexicano apenas era un barniz amortiguado y descolorido por el tiempo. Me cedió el paso y entré. Vi unas escaleras de madera que ascendían hacia el plano superior, pero Albores me condujo a un despachito situado más allá de un pasillo salpicado por tres puertas cerradas. Todo parecía limpio y ordenado y yo hubiese jurado que allí estaba implícita la mano meticulosa de una mujer. Es fácil llegar a esta conclusión, advirtiendo detalles como un tapetito bajo la figurita de porcelana que corona la mesa rinconera del pasillo, o un delicado aplique floral sobre el bufet apenas entrevisto del comedor.

El interior del despacho era tan confortable como el resto del ambiente. Parecía más bien el refugio secreto del hombre de negocios que huye del stress: moqueta, librería, carrito con bebidas, sillones de a trescientas mil la unidad y una mesa de madera de caoba. Y junto a la mesa, adosada al muro —horror—, una estufa catalítica encendida. Se acabó la confortabilidad.

—Por favor... —Albores me señaló la butaca más cercana a la caldera, imaginando tal vez que con ello me deparaba los máximos honores.

—Gracias —mis axilas empezaron a humedecerse—. Verá usted, ante todo, tengo que preguntarle si ha recibido estos últimos días algún objeto extraño. Una prenda de vestir, por ejemplo.

—¿Que, si yo...? —se agarró un poco a los posabrazos del sillón, al avanzar el cuerpo hacia mi para estudiarme mejor—. No sé... no sé a qué se refiere. ¿Prenda de vestir...?

—O algo por el estilo; algo insólito, dentro de una caja de cartón y a su nombre.

—Pues, la verdad, no.

Me pareció sincero y ello me hizo respirar más tranquilo. Por ese lado no había peligro de amenaza alguna. Lo de respirar tranquilo, por supuesto, no era más que una forma verbal de expresarse: la catalítica me estaba entumeciendo las fosas nasales por momentos.

—Señor Albores —dije—, me gustaría que me contara cómo era la señora Trecet antes de venir a España. Usted, que la conoció en esa etapa...

—Perdone —me cortó—, pero se me hace difícil responderle sin saber qué sentido tienen esas preguntas. Me dice usted que Rosita podía estar implicada en un caso... ¿Y eso qué significa? ¿Y qué pinta mi sobrino en...?

—Trataré de resumírselo —me llevé una mano al cuello, para aflojar el nudo de la corbata con discreción—. El señor Domínguez y varias personas más, han recibido una serie de objetos determinados. Una de esas personas ha muerto asesinada. Y se da el caso de que todos los objetos tenían alguna relación con aspectos de la vida de Buster Keaton. Y usted sabe —imagino— que su prima estuvo en el rodaje de la película que ese actor interpretó en México...

—Sí, eso lo sé. Pero sigo sin entender...

—Ahí está lo malo —los ojos me lagrimeaban sin remedio—, que ninguno sabemos a qué atenernos y estamos dando palos de ciego hasta ver de llegar a alguna conclusión. Dispense —me levanté—, no se lo tome a mal, pero si no le importa me cambiaré de sitio —me senté en la otra butaca—. Es que me daba la estufa de lleno y...

—Lo siento. ¿Quiere que la apague?

—No, por favor, faltaría más —Blasco y sus malditas mentiras sociales—. Así, ¿podría darme usted algún dato de su prima, mientras estuvo en México?

—¡Mal podré ayudarle! —dijo, mientras se le quebraba la voz—. Cuando yo me fuí de allí, ella era una niña; no tendría más de seis o siete años. De hecho, fue a partir de nuestra posterior correspondencia cuando empezamos a conocernos. Ella... ella me tenía como a un ídolo —y perdone usted la inmodestia—. Pensaba que por haber cruzado el charco, estableciéndome aquí, ya era un triunfador. ¡La pobre Rosita...!

Estaba llorando mientras hablaba desde que inició la frase, con esta maravillosa falta de pudor con que los viejos no tratan de esconder reacciones tan naturales como las lágrimas. Quien ha vivido, llorado y reído tanto como se supone que lo había hecho Albores, ya no tiene porqué ocultar emociones espontáneas de ningún género.

—Es decir, que ustedes se escribían a menudo —dije.

—Sí. Rosita se moría de ganas por venir a Barcelona. No sé cómo ni quién puso en su cabeza la idea de que aquí las oportunidades eran mayores para una persona con ganas de trabajar y talento natural como el que ella tenía... Tal vez fui yo mismo el que la impulsó al viaje.

—Tenía usted un negocio de curtidos, según creo...

—El negocio no era mío, sino de mi padre, es decir, el tío de Rosita, hermano de mi madre. Papá vino antes que el resto de la familia; tenía unos ahorros y conocía el oficio. Se instaló y luego, cuando la fábrica prosperó, mandó a buscarnos.

—¿Y ahora, la fábrica quién la lleva? —me di cuenta de que acababa de patinar; preguntar eso equivalía a admitir que Albores no estaba ya en condiciones de dirigir su imperio—. Me refiero a...

—La traspasé hace seis años a una multinacional —pareció no reparar en mi falta de tacto—. Los tiempos cambian y debes amoldarte a las circunstancias. Me hicieron una buena oferta y... ¿Qué otra cosa podía hacer yo? Sin herederos, viudo... y luego, que uno ya no tiene la misma energía que antes para dar la cara día tras día en el despacho.

—Usted actuó en cierta forma como tutor de su prima.

—Sí, ella quiso que fuese yo, aunque lo más lógico es que hubiese escogido a mi padre. «¡Tú cuidarás de mí, primo!» —solía decir—. Le diré a usted que yo le llevaba casi quince años de ventaja, o sea que ya no era ninguna criatura —apartó una lágrima que rodaba sobre el sutil pergamino de su mejilla derecha.

—¿Fue usted quién le consiguió el primer trabajo, cuando llegó a Barcelona?

—Sí; bueno, en realidad tuvimos suerte. Yo sabía que en unos estudios de Montjuich necesitaban personal y probamos fortuna. El resto, se lo trabajó ella sola. ¡Era una brava chamaca! —sonrió, aunque sin mucha alegría—. Dispense, a veces me sale algún ramalazo verbal de mis orígenes y hablo como Cantinflas—. Pero sí, sí que era brava Rosita. Se lo ganó a pulso. Estudió, se pateó todos los estudios, consiguió el respeto de los profesionales con quien colaboró... Sáenz de Heredia, Gil, Lucia, Pérez-Dolz y tantos otros.

—¿La decisión de abandonar México fue repentina... o la tenía madurada desde mucho atrás?

—Como ya le dije antes, no vivía pensando en el momento de venir. Así que, tan pronto cumplió los dieciocho, pidió el permiso de embarque y eso fue todo.

—Sus padres quedarían desolados...

—No crea usted. Como ella ya les había ido metiendo en la cabeza —preparándolos, en cierta forma—, para esta decisión desde muy niña, no les pilló de improviso. «La loquita», la llamaba tía Carlota, que en paz descanse —me refiero a su madre, claro—. Pero se lo llamaba en sentido cariñoso, por supuesto. Era difícil no querer a Rosita.

Sus palabras trajeron algo a mi mente que había estado reservando hasta este instante. Y si lo reservaba, era porque se trataba de un tema bastante espinoso.

—Señor Albores, tengo que hacerle una pregunta... digamos que delicada.

—Usted dirá —unió sus manos, observándome.

—Verá usted, yo no tuve la suerte de conocer personalmente a la señora Trecet, pero a quien sí he conocido es a su marido —me di cuenta de que su semblante se congestionaba visiblemente ante la mención de Domínguez padre—. Esto... no sé si sabré expresarme muy bien, pero no acabo de ver de qué forma podían encajar dos caracteres tan diferentes como los de ellos dos. Y si digo que eran diferentes, es porque el retrato de la señora Trecet es el de una mujer con empuje, emprendedora y, hasta cierto punto, rompedora de moldes. Y el señor Domínguez, con quien yo he conversado, era más bien...

—Las parejas se complementan, ya sabe usted lo que suele decirse.

Lo había expulsado de su garganta sin ninguna emoción, secamente; con la misma sequedad con que acababa de cortar mi monólogo.

—De todas formas, ¿no se sorprendió usted por ese matrimonio?

—¿Por qué?

—No sé. Por...

—Se conocieron y decidieron casarse; eso es todo.

Advertí que se acababa de alzar entre lo dos el mismo extraño muro que ya detecté en casa de Domínguez, al tocar ese tema. Albores mesaba sus manos y daba muestras de no sentirse a gusto. Yo tampoco estaba en la gloria precisamente, pero lo mío era causado por la catalítica de la puñeta.

—Parece ser que tuvieron problemas desde casi el principio. ¿Por eso se separaron...? —pregunté.

—Sí, la falta de entendimiento era de dominio público.

—¿Veía usted a menudo a su prima, señor Albores?

—Claro; a ella y a mi ahijado. ¿Por qué?

—¿Su ahijado? ¿El hijo de la señora Trecet...?

—Sí. ¿No lo sabía usted? Yo soy su padrino.

Habíamos entrado en esa fase de la conversación en que cada pregunta era respondida con otra pregunta. Llegados a este punto, mi experiencia me informa de que cualquier tipo de entendimiento es casi nulo. Albores se movía sobre su butaca y a mi me picaban todos y cada uno de los poros del cuerpo.

—Una curiosidad —dije—, ¿tenía usted copia de la llave del piso de su prima?

—¡Qué ocurrencia! —asomó el sarcasmo a sus labios marchitos—. ¡Claro que no!

—¿Advirtió, en estes últimos meses, que la señora Trecet estuviese más nerviosa de lo habitual?

—¿Y quién no lo hubiese estado? Sus dos ataques la obligaban prácticamente a permanecer como un fósil el resto de su vida: descanso y pocas emociones. Y eso, para ella, era como la muerte.

La nostalgia le vencía de nuevo. Pero con nostalgias, yo no resolvía las preguntas que necesitaba esclarecer.

—Una última cuestión —y le aseguro que es muy importante, señor Albores—: caso de que recibiese usted alguno de esos objetos extraños a los que me he referido antes, le ruego que me llame inmediatamente. Ya tiene usted mi tarjeta, pero por si no me encuentra en el despacho, diríjase al inspector Galíndez de la Central. Recuerde: inmediatamente; es vital.

—Bien —se le notaba un tanto sobrecogido por el tono perentorio de mis palabras—. Descuide usted; así lo haré. ¿Quién... cómo se llamaba esa persona a la que han asesinado?

—Miguel Jové, un escritor. ¿Le conocía usted?

—No. No... —agitó la cabeza varias veces, negando.

* * *

A las ocho y media me dejé caer sobre una de las butacas de falsa piel de mi apartamento de Septimania, considerablemente rendido. No sé de dónde saqué fuerzas para destapar una Voll Damm y llevármela al gaznate, pero de pronto la botella estaba entre mis manos y sólo cabía la posibilidad de vaciarla en el lugar más indicado. Eso hice, después de todo.

Lo que también hice fue marcar el número de Laura. Tras una jornada poco productiva y pródiga en callejones sin salida, oír la voz de alguien a quien quieres puede obrar a veces el milagro de tu relajación. Mi chica salía de la ducha en ese instante, por lo que me exigió rapidez en la gestión telefónica, so pena de convertir su piso en un puro charco. Me preguntó cómo había estado el día y yo le dije que correcto, que ahora la cosa, con la llegada de un cadáver, ya estaba en su punto. Quedamos para la noche siguiente. Iríamos a cenar a La bota del racó, donde se produjo nuestro reencuentro hace años, cuando los destinos de ambos volvieron a coincidir tras un pre-noviazgo efímero y poco gratificante en la etapa universitaria.

—Haremos manitas —le propuse.

—Cuanto más viejo, más pellejo —respondió—. Cuelgo, porque estoy dejando perdida la moqueta.

—Me gustaría poder secarte la espalda.

—Cuando uses suavizante para tus manos, vuelve a sugerírmelo —y colgó.

Dejé el auricular sobre la peana y el trimbrazo que surgió del mismo a continuación desbarató un poco más mi ya de por sí maltrecho sistema nervioso. Alguien había estado esperando a que yo colgase.

—¿Blasco?

—Sí, señor Domínguez —reconocí su voz.

—Le dije que le llamaría.

—Ajá, lo recuerdo. ¿Le retuvieron mucho rato en Jefatura?

—Bastante. Hace apenas una hora que llegué a casa.

—Mire, siento que las cosas...

—Blasco, en el primer instante, cuando vino la policía a buscarme, decidí dar por liquidado nuestro acuerdo. Estaba furioso, lo reconozco. Yo no quería ningún tipo de publicidad y... Pero luego recapacité. Comprendí que usted no tenía ninguna culpa, que se había limitado a investigar, como yo le ordené. Supe también lo de todos esos regalos recibidos por tanta gente, como me ocurrió a mi con el sombrero. Y, por fin, entendí que, después de todo, hay personas a quienes las cosas aún les han ido peor que a mi...

—Miguel Jové, por ejemplo.

—Exacto. Y ya que hablamos de Jové... —advertí su vacilación—... Tengo que decirle algo, pero no por teléfono.

—¿Quiere que nos veamos ahora?

—No; mi mujer y yo estamos invitados a una cena y no puedo dejar de ir. Mañana a primera hora, ¿le va bien?

—Cuando usted diga.

—Tenía intención de echar un vistazo en casa de mi madre, ¿verdad?

—Sí.

—Pues, si le parece, quedamos allí. A las ocho. Tome nota de la dirección.

Lo hice, pero su urgencia por vernos me intrigaba.

—¿La policía tocó el tema de una posible revisión del caso de su madre? —le pregunté.

—No. Ni siquiera lo mencionaron. Pero mañana hablamos.

—De acuerdo. Buenas noches.

Colgué, con las yemas de los dedos haciéndome chiribitas. Acabé con la cerveza y la misma rutina me llevó al refrigerador, para contabilizar mis existencias, en vistas a una posible cena rápida. Habían huevos, una lata de atún y una bandejita con coles de Bruselas. Todo un festín. Puse agua a hervir, para las coles, y me dediqué a la siempre emocionante tarea de descubrir si los huevos eran comestibles, estaban pasados o contenían un cadáver de polluelo en su interior. Los abrí; parecían sanos. Los estaba batiendo para una tortilla, cuando sonó el timbre de la puerta. Fui a abrir; era Zoilo, el portero. Y llevaba un paquete en las manos.

—Perdone usted —dijo—, pero antes no le vi llegar; si no, le hubiese dado esto.

—¿Qué es? —se me congestionó la mirada al reconocer el mismo tipo de caja-embalaje de los regalos misteriosos.

—No sé. Lo dejaron sobre el mostrador, cuando yo no estaba. Va a su nombre.

En efecto, las palabras Jaime Blasco estaban rotuladas en la tapa. La caja era del tamaño de un balón de basket, más o menos.

—Gracias, Zoilo —la tomé.

Avancé con el paquete hacia la mesa. Lo dejé allí, sin abrirlo. Encendí un pito. Luego, con calma, arranqué el precinto. Sentía esa mezcla de temor y curiosidad que resulta irresistible. Moví las solapas y miré hacia el interior.

Era una bola de billar, con el número siete.

Una simple bola de billar, roja, normal, maciza. ¿Qué diablos significa aquello?

El agua que tenía sobre los fogones estaba hirviendo y amenazaba con desbordarse. Apagué el fuego y regresé junto a la mesa. La bola reflejaba un puñado de brillos, por la acción de la lámpara central. La tomé, la palpé, la olí, la desplacé sobre la mesa...

Buster Keaton y una bola de billar. Tenía que haber alguna relación.

Destapé otra cerveza y seguí fumando. Me devanaba los sesos sin lograr nada. Miguel Jové recibió una chistera cruzada por una flecha y murió con la garganta atravesada por otra flecha. Eso tenía sentido. Millán, el socio de la Trecet, recibió un traje de marinerito; ¿qué podía pasarle? Tal vez... tal vez... Marinero-agua... morir ahogado. ¿Corría el peligro de acabar de esa forma?

En cuanto a Domínguez, ¿qué peligro había en un sombrero?

Y en cuanto a mi bola de billar...

Nada. Cerrazón mental absoluta.

Revisé mi videoteca, con todos los títulos de Keaton que tenía en ella. Traté de acordarme de cada argumento, para ver de encajar esa bola de billar. Inútil. Seguía en blanco.

Me olvidé de la cena. Dejé de nuevo las coles en la nevera y sumí los huevos batidos por el fregadero. La situación me molestaba; el no saber a qué atenerme, me crispaba los nervios. ¿Debía llamar a Galíndez? No, mañana; tal vez. Se lo contaría y le aconsejaría también que vigilasen a Millán y a Domínguez, por si acaso alguien se les acerca con intenciones poco claras. ¿Y a mí? ¿Quién me vigilaba? Los buenos detectives se vigilan solos.

Y un cuerno.

Entré en el dormitorio cabreado como una mona. Dejé la bola en la mesita de noche, a la vista, por si saltaba la chispa de la identificación en un momento determinado. Me desnudé y entré en la cama. Apagué las luces.

No podía dormir. La bola parecía tener ojos; y encima, ojos burlones, que son los peores.

Keaton y una bola de billar. Roja, con el número siete.

Me dieron las doce entre vueltas y más vueltas. «¿Le gusta a usted el cine, señor Blasco?» «¡Cómo no, señor Domínguez!» «Muy bien; en ese caso, tengo un asuntillo que le irá de perlas». Mierda. Estaba fallando estrepitosamente en el terreno donde ninguno de mis colegas podría hacerme sombra. Eso es, al menos, lo que había creído hasta hoy.

Keaton y una bola de billar.

Eran las dos pasadas cuando la luz se hizo. De repente lo supe. Me incorporé hasta quedar sentado, encendí la lamparita y tomé labola.

«El moderno Sherlock Holmes».

Ahí estaba la clave. En «El moderno Sherlock Holmes», película de Keaton, por supuesto, Buster jugaba al billar en una de las secuencias. Hacía malabarismos con la bola y...

Tragué saliva. Hacía malabarismos con una bola que no era tal bola, sino una bomba colocada por sus enemigos para destruirle, cuando la golpease con el taco.

Sentí el cuerpo bañado por un sudor frío. Tenía la bola entre mis manos. Parecía normal, pero... Me moví con cuidado, avancé hacia el baño, le di a la manilla de salida del agua de la bañera y llené el recipiente.

Fue una tontería; pero en estos casos, si no cometes alguna tontería, no demuestras ser humano.

Una vez llena la bañera, sumí la bola en el agua. Tardé muy poco en comprender que aquello no era ninguna bomba.

Pero el susto nadie me lo quitaba.

Y la amenaza quedaba colgando en el aire.

ONCE

Cuando vacié la bañera por la mañana, el barniz rojo de la bola de marras casi se había desprendido por completo. Me duché con la cabeza llena de pensamientos ilógicos y el remojón no ayudó a mejorar esa confusión mental ni un ápice. Pasadas las siete y media, sin un mal café en el cuerpo, salí en busca del veinticuatro, que debería dejarme por las cercanías de la plaza Ibiza, el enclave donde se situaba el piso de la montadora fallecida.

Seguía el bochorno en el ambiente, aunque las brumas del día anterior habían desaparecido. Hoy, el cielo presentaba su color grisyunque habitual. Nada como la normalidad.

Domínguez me abrió el portal desde el mismo piso. Era un edificio con la fachada manchada de marrón y sin balcones. Subí entre bostezos y a pie —el hueco de la escalera no permitía la inserción de un ascensor— y al llegar al tercero me fue necesario alternar bostezos con jadeos por la falta de aire en los pulmones.

Domínguez, trajeado y con el vértice del pañuelo blanco formando rombo más allá del bolsillo de la chaqueta, me tendió la mano en el dintel y murmuró un «buenos días» no demasiado afectuosos.

—Pase —dijo—. Al frente verá el comedor.

Olía a cerrado y a muerte. Allí dentro se respiraba ese hálito morboso y poco definido que corresponde a un espacio donde la vida se ha truncado de repente; conozco ese olor de sobra —y ojalá no me resultase tan familiar.

El piso era espacioso y cómodo; el comedor comunicaba con un amplio saloncito delimitado por una marquesina cubierta que daba al patio interior. Los cristales eran tornasolados y junto a las ventanas se acurrucaban largos tresillos que convivían con una mesita baja, un par de macetones con ficus moribundos y un armarito anticuado, con los estantes repletos de cachivaches inservibles pero agradables y recuerdos de viajes. Pensé que era el lugar ideal para matar un par de horas leyendo a Bécquer y filosofando sobre la rapidez con que pasa el tiempo.

—Si le parece —dijo Domínguez—, podríamos empezar. Me esperan en la Bolsa y...

—De acuerdo. Pero usted tenía que decirme algo, ¿recuerda?

Me había quedado junto a la mesa, cerca del aparador. Advertí que Domínguez lanzaba miraditas repetitivas hacia mis pies y la cosa me intrigó.

—¿Ocurre algo? —pregunté.

—Ahí... —señaló hacia donde yo me hallaba— ...ahí encontré a mamá.

—Ah... —me aparté un poco; mal empezaba la mañana.

—Es respecto a ese hombre —dijo—. Miguel Jové.

—¿Sí?

—Yo... yo le conocía.

—¿Cómo?

—Es decir, «conocer» tal vez no sea muy exacto. El... vino a verme hace una semana.

—¿Para qué?

—Dijo que había escrito un libro sobre Keaton y que luego se había enterado de que mi madre trabajó en aquel rodaje, en México. Su visita era para confirmar ese punto y, también, para pedirme permiso por... quería incluir ese dato en la posible reedición del libro. Yo se lo di y eso fue todo.

—¿Le contó él cómo había sabido ese detalle? ¿O quién se lo había dicho?

—No... no me lo dijo.

—Y usted, ¿por qué no me lo contó, al contratarme?

—Porque me había olvidado. No le di importancia, figúrese. Mi entrevista con Jové duró apenas dos minutos, a pie de puerta, como se suele decir. Así que ayer, cuando me llamaron para ir a Jefatura, cuál no sería mi sorpresa cuando...

Siguió hablando, pero yo tenía el pensamiento en otro sitio; en mis propias cábalas. Jové no pareció extrañarse en principio cuando yo le hablé del rodaje de «El moderno Barba Azul» y le pedí detalles muy concretos sobre la película. ¿Por qué? Ni idea. ¿Y por qué no me dijo que justamente había visitado días atrás a Domínguez, para certificar la participación de la Trecet en el film? Ni idea, parte II. La cosa se complicaba y yo no tenía ninguna idea de nada —parte III, por supuesto.

—¿Se lo dijo usted a la policía? —le pregunté a Domínguez.

—¿Lo de Jové? Pues... no.

—¿Por qué?

—No sé. Me pareció... me pareció que aún me complicaría más la situación.

—¿Ellos le insinuaron que usted se hallaba en una situación complicada?

—No, se limitaron a hacerme preguntas. Pero... ya sabe usted; uno se atemoriza cuando entra en esos lugares y...

Me fijé en su rostro: incapaz de transfigurar ni una microdécima de cualquier tipo de emoción. Tieso como el palo de la bandera y con los ojos siempre a punto de largarse de paseo, pero conteniéndose a tiempo. ¿Podría estar mintiéndome en algo que yo no acertaba a descifrar? Cuarta parte del «ni idea» y fin del paquete de dudas. Era tiempo de moverse un poco.

—¿Hice mal? —preguntó Domínguez.

—Con la policía nunca se sabe. Deme unas horas de margen y yo mismo se lo diré a Galíndez.

—Pero entonces, me culparán de ocultar datos.

—Alegue que ha sido un descuido, que se acordó de repente, que Jové le llamó por teléfono, en vez de venir a verle personalmente. De cualquier forma, si sólo pasó lo que me ha contado, usted no tiene nada de qué ocultarse —le observé.

—Sí, claro —pero se mesaba la barbilla, preocupado.

—¿Me muestra la casa? —propuse.

Asintió y empezamos por la cocina. Era una cocina, ni más ni menos: cacerolas, cazos, vajilla, armaritos empotrados, nevera y quemadores de gas ciudad. Ningún bloc de notas colgando de la pared con el nombre de aquella supuesta persona que molestaba a la propietaria del piso; ningún nombre escrito con sangre sobre las encimeras, contando cómo se produjo realmente su muerte. Domínguez me pisaba los talones y yo tenía que andar con cuidado para no besarle cada vez que me daba la vuelta con cierta brusquedad.

—Jové y el señor Millán recibieron también regalos —dijo—. ¿Por qué? ¿Qué está pasando?

—No lo sé.

Respuesta definitiva; Blasco, eres un as.

De la cocina pasamos de nuevo al comedor. Husmeé por los cajones del bufet con el aliento de mi cliente prendido en las cercanías del cogote. Un dato a señalar: el cajón donde se guardaba el pan estaba lleno de hormigas. Lástima que las hormigas no den mucho juego en mis casos.

Miramos luego en el servicio, en el vestíbulo, en el despacho donde trabajaba Rosa... Nada. Ni baldosas movedizas, ni documentos comprometedores, ni cajas de caudales escondidas tras una mala imitación de Gauguin. Por cierto, al pensar en esa posibilidad, se me escapó una pregunta:

—¿Su madre solía guardar una cantidad razonable de dinero en casa?

Tiró de su labio inferior, pensativo.

—No creo. No, que yo sepa, llevaba unas pocas pesetas en el bolso para salir del paso en un momento de apuro, pero siempre recurría al banco en casos de desembolsos importantes.

—Bien; sólo nos queda el dormitorio...

—Es por aquí —señaló una puerta en el muro de la derecha, dentro del despacho, que comunicaba con la alcoba.

Entramos. La estancia estaba en penumbra. Domínguez levantó la persiana y una luz lechosa y triste se coló hasta el último rincón. El lecho tenía dosel y el cobertor descansaba pulcramente sobre la superficie del colchón. Había un tocador al fondo, un armario espacioso de tres puertas y una mesita con una foto de Néstor Domínguez, un frasco de medicamento, una cucharilla y un vaso, sobre ella. En la foto, Domínguez tampoco sonreía.

—¿Puedo echar un vistazo dentro del armario? —pregunté, descubriendo una mirada melancólica en él, cuando observaba la cama.

—Desde luego —lo abrió al instante.

Me sentí un tanto furtivo al mover faldas, trajes sastre, bragas y sujetadores ajenos. En cada cajón contabilicé la presencia de una pastilla de jabón olor a coco, junto a la ropa pertinente. El detalle me llevó a recordar a mi madre, allá en Reus; ella también utilizaba ese recurso para mantener las prendas fragantes y frescas, antes de su uso.

En los bajos había cajas para los zapatos, un par de paraguas y utensilios para la limpieza del calzado. Me miré frente al espejo interior, adosado a una de las puertas: lo que vi fue a un detective privado con cara de sueño y montañas de desconcierto danzando sobrer sus pestañas. Cerré el armario. Domínguez se había sentado en una esquina de la cama; tenía la mano derecha sobre el cobertor y los ojos perdidos en el recuerdo. Me acerqué a él. Habló como si rezase:

—Le dije a mamá que debía cambiar de colchón...

—¿Qué le pasa a éste?

—Está lleno de bultos. «Tienes que aprender a cuidarte un poco más» —le repetía—. Y ella nunca me hizo caso...

Moví la mano hacia el colchón en un acto reflejo. Sumí los dedos y éstos se hundieron en una masa de naturaleza difícil de catalogar. Por descontado, el relleno no parecía ser lana; ni goma espuma, ni...

—Papel —dije, como para mí.

—¿Cómo dice? —Domínguez alzó la cabeza, sorprendido.

—Parece como si tuviese papel dentro.

—¿El colchón?

—¿Me permite?

Se levantó, con la boca abierta. Moví el cobertor y las sábanas. La funda del colchón se liberaba por medio de una cremallera situada de punta a cabo del bloque. Descorrí esa cremallera, para descubrir que me había equivocado... sólo a medias. El colchón era de goma-espuma, pero en su superficie, la cara donde Rosa Trecet debió apoyar su cuerpo en vida, surgieron decenas de billetes de cinco y diez mil pesetas, amontonándose lujuriosamente dentro de tan singular encierro.

—¿Qué es ésto? —Domínguez parecía alucinado.

—Dinero. Ayúdeme a sacarlo y veamos cuánto hay.

No me secundó inmediatamente; para un espíritu tan lógico como el suyo, aquello podía ser como la versión moderna y tecnificada del milagro del pan y los peces. Al poco, sin embargo, se avino a echarme una mano.

—De verdad que no entiendo... —repetía.

Colocamos los billetes sobre la mesa del tocador. Cuando estuvimos seguros de que no quedaba ni uno en el colchón, procedimos a contarlos. No volvimos a hablar hasta que los montones perfectamentes alineados nos dieron la suma inequívoca de tres millones, setecientas cincuenta mil castañas.

—Tres kilo y tres cuartos —subrayé de viva voz, por si no había quedado bastante claro.

Domínguez se apartó del tocador, sin dejar de mirar la pasta.

—Y eso... ¿qué significa?

—Que su madre no confiaba demasiado en ese banco a que usted se refirió hace unos minutos... o cualquier otra cosa.

—¿Qué otra cosa? —se estremeció visiblemente.

Muchas cosas. Una mujer arruinada que, sin embargo, guarda esa cantidad en el colchón, da que pensar. He oído casos de personas que han actuado como verdaderas urracas durante los últimos años de su vida, muriendo en la más completa pobreza, pero con una gran fortuna escondida bajo las baldosas del piso. Sin embargo, a Rosa Trecet no la veía capaz de tal extravagancia. Saqué un «Sombra» y encendí. Domínguez miraba la cajetilla con avidez. Le pedí perdón por el olvido y le ofrecí uno. Encendimos.

—¿Podemos hablar claro, señor Domínguez? —dije.

—¿A qué se refiere?

—Me refiero a que usted sabe muy bien que su madre no tenía un céntimo. Estaba por cerrar el estudio cuando falleció y quedaban un montón de facturas por pagar; eso me lo dijo Millán, me lo dijo él, aunque me hubiese gustado más que la información hubiese partido directamente de usted. Pero en fin, lo sé y punto.

—Verá usted... preferí no airear ciertos detalles privados...

—Pues me temo que ya va siendo hora de que airee todo lo disponible. Tenemos un muerto de por medio y eso nunca es muy gracioso.

—Sí, desde luego —tragó humo y no lo dejó salir de nuevo; con la fuerza de su inspiración, seguro que le había bajado hasta los talones—. Pregunte lo que sea.

—Su madre pasaba por graves apuros.

—Es cierto. Yo le ofrecí dinero, pero ella no lo quiso aceptar. Decía que yo tenía una familia que atender; que sus problemas se los había buscado por su cuenta y...

—¿Le consta a usted que pudiera disponer de esos tres millones y pico en alguna cuenta privada?

—No; seguro que no. Estaba a cero.

—Entonces, ¿de dónde cree usted que los sacó?

—No lo sé.

—¿Y por qué los guardaba en el colchón?

—Tampoco lo sé —se estaba poniendo nervioso—. ¡Por Dios, no me mire así! ¡Le estoy diciendo la verdad! ¿Imagina que no me he quedado de piedra al ver el dinero?

—Tampoco me habló de que Millán y su madre casi tenían decidido casarse —seguí machancándole.

—Se lo repito —resopló—, entonces no pensé que todas esas pequeñeces fuesen importantes. Iban a casarse, ¿y qué? ¿Es eso un pecado?

Había ido alzando la voz paulatinamente, pero estaba claro que su indignación no se dirigía a mí, sino a la misma situación, que por absurda se le escapaba. Dejé que se calmase.

—Perdone —dijo—. No quería gritar.

—Descuide. ¿Hay alguién que pudiera haberle prestado ese dinero a su madre?

—No lo sé... Supongo que no. Y aunque así fuese, ¿qué sentido tiene almacenarlo ahí? No, lo siento, pero todo el asunto es ridículo.

—Tal vez hubiese alguien que le debiera un favor... O hasta es posible que...

Callé, porque la siguiente posibilidad enmarcaba una certeza que no era capaz de pronunciar en voz alta, so pena de que Domínguez se me encabritara de nuevo. Era una posiblidad muy poco honrosa para con Rosa Trecet.

—Bien —dije—, de todas formas, esto está visto.

—¿Se va? —regresaba la perplejidad al rostro angulado de mi cliente.

—Claro. Aquí no voy a encontrar ninguna respuesta.

—P-pero... ¿y el dinero?

—Le aconsejo que lo guarde. Si no surge ninguna novedad, le pertenece. Pero de momento, yo no lo tocaría.

—¿No debemos... no debemos decírselo a la policía?

—Aún no. O quizá no lo hagamos, al menos hasta saber a qué atenernos.

Se había quedado estático junto al tocador, con las piernas ligeramente abiertas. Era la viva estampa de la indefensión.

—Y hablando de la policía, ¿no le insinuaron la posibilidad de colocar a un agente junto a usted?

—¿Junto a mí? —se llevó una mano al pecho—. ¿Para qué?

—Por nada, no se preocupe.

Le dejé a solas con sus empanadas mentales. Yo ya tenía bastante con la mía. Lo malo es que empezaban a escasearme los contactos a que recurrir. Y cada vez que hablaba con alguien implicado en el caso, surgía un nuevo mogollón dispuesto a enredar algo más la ya compleja trama.

Tenía la intención de pasar por el despacho a echar un vistazo al correo y casi que lo consigo. Me faltaron dos pasos. Los necesarios para entrar en el portal. Porque no llegué a entrar. El par de agentes que acompañaban a Galíndez la tarde anterior, cuando lo de Jové, me aguardaban. Su coche no andaba lejos.

—Vamos —dijo el más alto.

—¿A dónde?

—Ya lo verás.

Lo que vi unos minutos más tarde fue que nos dirigíamos hacie el edificio de Domínguez senior.

DOCE

Galíndez sostenía la reproducción en miniatura de una vieja máquina de tren a vapor entre sus manos.

—Tradúcemelo —dijo, mostrándome el juguete.

—¿Podría saber qué es lo que pasa? —pregunté.

Estábamos en el comedor del piso de Modesto Domínguez. El revoltijo de olores seguía siendo tan intenso como en mi visita del día anterior, pero esta vez no acerté a ver al inquilino de la casa por ningún lado. Un par de agentes husmeaban aquí y allá. Y Galíndez blandía la locomotora frente a mis ojos.

—¿Tiene esto alguna relación con Keaton? —insistió, haciendo caso omiso a mi pregunta anterior.

—Pues... sí. No hay duda. Keaton, además de rodar una película que se llamaba «El maquinista de la General», mostró toda su vida una verdadera adoración por esos cacharros. Oye Galíndez, en serio, ¿dónde está Domínguez?

—En serio, dónde está Domínguez —repitió en una especie de somero recitado; se volvió, tomó una caja-embalaje de cartón que descansaba sobre la mesa, introdujo la locomotora dentro y añadió—: criando malvas.

—¡Dios! ¡No me digas que también se lo han cargado!

—Natural. Estaba en uno de los túneles que comunican con la estación de Cataluña, cerca de los lavabos, a cuatro pasos del andén. Le dejaron empotrado en un saliente muy estrecho del muro y parece que fue resbalando hasta caer finalmente a la vía. Le ha descubierto el conductor de un tren-tranvía esta mañana, sobre las ocho y cuarto; le ha descubierto… después de que el tren le hubiese cortado el cuello, una mano y las dos piernas en redondo. De todas formas, ya estaba muerto desde ayer noche. Siempre es un consuelo —se pasó una mano por la cara—; ¡o no es ningún consuelo, yo qué sé!

—Pero… dijísteis que vendríais a verle ayer tarde…

—Y vinimos, pero no estaba. Dejé a un colega abajo, en el portal, para que nos avisase cuando volviese. Al ver que no lo hacía, ya nos mosqueamos bastante. Hoy hemos sabido por qué no volvió.

Pensé en Domínguez, el hijo. Acababa de dejarle apenas unos minutos atrás y… Sentí un breve y miserable alivio al imaginar que la ingrata tarea de darle la noticia correría a cargo de los hombres que merodeaban a mi alrededor.

—O sea —dije—, que yo tenía razón.

—¿Qué? —Galíndez seguía enfrascado en la caja de la locomotora.

—Recibió un regalito como los demás, después de todo. Lo que no entiendo es porqué lo negó.

—Si eso es todo lo que no entiendes, felicidades —sacó tabaco y encendimos.

—¡Millán! —me subió un escalofrío por el espinazo—. ¡Hay que controlarle! Podría ser el siguiente…

—Eso ya está organizado, listo —el poli escupió humo hacia la ventana, aproximó dos sillas y me señaló una—. Siéntate.

Lo hice. Uno de los agentes pasó junto a nosotros y le mandó un gesto explícito a su jefe, Galíndez, indicando que no habían dado con nada digno de mención.

—El caso es que yo también estoy en la cuerda… —se me escapó.

—¿Qué? —a Galíndez se le agrandaron los ojos.

Le conté lo de la bola de billar y su posible significado. De esta forma, una cosa llevó a la otra y salió lo de la visita previa de Jové a casa de Domínguez y también lo de la panoja en el colchón. Galíndez mascaba el filtro como si fuese un solomillo. Volvió a mesarse la cara con la misma mano, cuando ya terminé.

—¡Joder, y que tenga uno que pensar tanto desde tan temprano! —bostezó mientras hablaba—. A ver, hagamos un resumen.

Hicimos el resumen y seguíamos en blanco. Domínguez padre,

su hijo, Millán, Jové y yo mismo, habíamos recibido la caja fatídica. ¿Qué relación nos unía a todos con Rosa Trecet? Entendía, por ejemplo, la obvia relación de los Domínguez y de Millán. Pero... ¿y yo? Rizando el rizo de las posibilidades, yo estaba relacionado con Domínguez por cuestiones laborales —y este, a su vez, claro, con su madre—. Entonces, ¿dónde encajaba Jové?

Galíndez pisó su pitillo, se levantó, dio la vuelta a la silla —de forma que el respaldo le quedase frente al pecho—, apoyó los brazos en lo alto de ese respaldo y carraspeó. Eso significaba que iba a soltar algo importante. Le he visto antes muchas veces realizando el mismo proceso y doy fe de que luego, cuando habla, lo que brota de sus labios es sabiduría pura.

—¿Qué piensas del asunto? —me preguntó.

Sabiduría pura, estaba escrito.

—Prefiero no pensarlo, porque no me sale la suma —dije.

—Pero alguna idea tendrás formada...

—Veamos: hay alguien que anuncia la muerte de varios prójimos por medio de los dichosos regalos. Y luego, por lo que hemos visto, se los carga. Todos esos regalos están relacionados con Keaton, que a su vez tuvo el contacto que ya sabemos con la Trecet. La cosa huele a venganza personal, pero no acabo...

—Oye, ese fulano murió, ¿no? —me cortó.

—¿Quién? ¿Keaton? Claro, hace la tira. No estarás pensando...

—¿Y no tuvo hijos, o algo así...?

—Sí, dos. Pero apuesto a que nadie sabe ni por dónde paran. Y si crees que ellos tienen algo que ver, es que el relente no te sienta nada bien.

—¡Nunca se sabe! —buscó un nuevo «Ducados» en el cajetín; esta vez no me invitó—. ¡Esa gente del cine, están todos majaras!

La sentencia, referida a alguien como B.K., me sonó a blasfemia, pero no dije nada. Quien si empezó a charlar por su cuenta fue mi estómago, con sus soliloquios descontrolados.

—Perdón —dije—. Con el madrugón, no he podido darle a la media ensaimada matutina y esto se nota.

—¡Coño, es que siempre estás pensando en comer!

—Lo pienso, pero no culmino el deseo; ahí esta lo malo. Pero volvamos al meollo. ¿Sabéis algo del sombrero y el traje?

—Nos estamos moviendo, pero eso lleva tiempo. De huellas, nanay.

—Habréis deducido, vistas las dos muertes, que a Millán no se le debe dejar acercarse ni a cien metros de la estatua de Colón.

—Le acompañaremos incluso a la ducha, si es eso lo que te preocupa. ¡Ay joder, joder....! Hemos de ponerlo todo patas arriba y desde el principio.

—¿Seguís pensando que lo de la muerte de Rosa Trecet fue accidental?

—Mira, no me toques las pelendengues que no está el horno para bollos —me lanzó el humo a la cara—. Si sabes de alguien que, primero, tuviese alguna razón para liquidarla y, segundo, tuviese una llave del piso, me lo dices y lo trincamos. Pero mientras, te callas y no jodes más la marrana. Lo que de verdad me intriga es lo de toda esa pasta escondida. Mucho más cuando la buena mujer no tenía ni un puto duro.

—Encontraréis a Domínguez en la Bolsa —le dije, comprobando que su tez derivaba hacia el amarillo-verdoso.

—Eso, y encima a dar recaditos necro... necro...

—Necrófilos.

—Neleches —tendió la mano hacia la caja y sacó la máquina de su interior—. Ahora, busca por jugueterías, almacenes y cercanías de Andorra... ¡La puta que me...!

El asunto le desbordaba, eso estaba claro. Pero no logré tenerle mucha compasión, la verdad. Era su trabajo y para eso le pagaban, como se suele decir.

—Allí dentro, en la *jaula,* ya han empezado las presiones —lo dijo en plan confidencial y refiriéndose a Jefatura—. Así que florecen un par de fiambres, la gente se inquieta a parir. Bueno, venga —se levantó—; aquí no hacemos nada de provecho —me miró—. ¿Lo has soltado todo?

—Siempre me preguntas lo mismo.

—Y tú siempre me la pegas, que nos conocemos.

—Mira, en toda esta historia me estoy portando con vosotros mejor que las Hermanitas de la Purísima. Tenéis información de primera mano, tan pronto me la dan. No sé de qué puedes quejarte.

—Vale, pues que siga la racha.

—Y si es posible, que de vez en cuando haya algún pequeño intercambio.

—¿Intercambio? ¿De qué?

—De información, a ver. ¿O es que siempre voy a ser yo el único que largue?

—Especie de chorizo, ¡ya te estás esfumando! —señaló hacia la puerta. Dejó que me acercase a ella y me llamó—. Oye...

—¿Qué?

—Mucho hablar de los demás pero, ¿tú cómo te lo montarás?

—¿El qué?

—Lo de ese fantasma que va a por ti. A lo mejor quieres que te demos protección —se lamió los labios en actitud burlona.

—Tranquilo; mala hierba nunca muere. ¿Sufrirías mucho si me mataran...?

—No sabes cuánto. Por cierto, ¿qué has hecho de la bola de billar?

—La puse en remojo, por si explotaba.

—¡Serás pedazoburro! ¡Como si eso te hubiese salvado! —rió—. ¿Y qué, te explotó?

—Sí, pero soy muy hombre y lo superé.

Me lanzó un manotazo despectivo que significaba la despedida. Salí a patear la rue y me dio un poco de frío traicionero. No supe descifrar si se trataba por fin del mensajero invernal, o de que lo del «fantasma que iba a por mi» que me dijo Galíndez, había calado —para mal— en mi ánimo.

* * *

Mi táctica secreta para combatir fantasmas se llama pepito de lomo. Pedí uno en un bar coquetón de la calle San Luis, acompañado a la burbuja por una Voll Damm del tiempo. En estos instantes de puro éxtasis, es cuando suelo tener mis ideas más brillantes.

Estaba en el penúltimo mordisco al bocata, cuando la idea hizo su aparición. Era una probabilidad, un canal a consultar, un sendero a recorrer, que entroncaba directamente con la sospecha que me asaltó en el piso de la finada, tras el descubrimiento del dinero.

Para celebrar la idea, pedí un segundo pepito. Luego cayó un carajillo de Veterano y más tarde Jaime Blasco ya era un hombre nuevo.

Cogí el metro en plaza Joanich y recurrí al transbordo para plantarme en Las Ramblas, pasada la hora del Angelus. En el número ciento veinte de la más popular de las calles españolas, se hallaba el edificio que albergaba la redacción de una de las revistas que más había hecho para sacarnos del muermo a los de nuestra generación: el Fotogramas. Ahora se hacía llamar «Nuevo Fotogramas» e incluía páginas y más páginas dedicadas a su majestad el vídeo, pero el espíritu de mister Belvedere seguía flotando en la revista, para el goce nostálgico de los aficionados talluditos como yo.

Llamé a la segunda puerta del segundo piso y me abrió una joven frescamente atractiva —o viceversa—, de melena suelta y ojos soñadores. Un poco más rubia y con un mechón sobre el ojo derecho, y hubiese tenido cierto tirón hacia Veronica Lake.

—Me llamo Jaime Blasco y soy detective privado —le tendí una tarjeta con mi gracia.

—¡Cielos, que miedo! —dijo, arrugando cómicamente la nariz.

—Una muchacha con sus pestañas no debería temer nada de la vida —me sentí galán.

No me replicó; sabía que lo de las pestañas era cierto. Entré. Ella seguía sonriendo.

—¿En qué puedo servirle? —preguntó.

Le dije que investigaba el caso de alguien allegado a Rosa Trecet, sin entrar en detalle.

—¿No tendrían ustedes, por casualidad —añadí—, alguna filmografía completa de las películas en que intervino la señora Trecet como montadora?

—«Por casualidad» no —respondió—. La tenemos porque vamos a incluirla en la sección de necrológicas del próximo número de la revista.

—Y yo... ¿podría echarle un vistazo?

—No creo que haya inconveniente. Aguarde un momento.

Aguardé y segundos más tarde ya estaba repasando la lista. En estos casos, cuando te has dejado guiar por una corazonada pero en el fondo no sabes qué buscar, lo más probable es que acabes con tu corazonada hecha pedazos y tan in albis como antes. Estudié los títulos; habría una treintena larga. Miré la lista de arriba a abajo y al revés. Veronica parecía interesada por mis pesquisas.

—Nada —dije, al fin.

—Si puedo ayudarle en algo...

—Es que no... —volví a leer uno de los títulos, sintiendo un repentino aguijonazo en la memoria—. «Si es amor lo que siento...» Oiga, ¿en el rodaje de esta película no hubo algún lío?

—Y gordo —asintió—. Aquí fue donde murió aquella actriz checa, María Dvocek, antes de filmar una de las escenas. La encontraron en su camerino...

—¿De qué murió?

—*Caballo* y alcohol, la mezcla clásica. Al menos, eso dicen.

—La veo como un poco reticente...

Encogió los hombros.

—No me haga caso; supongo que este trabajo te vuelve un poco cínica. Pero por otra parte, ¡hay tan poca gente en el mundo del cine que se muera de viejecito...! Todos tendrían que tomar ejemplo de Fred Astaire, por ejemplo. Sintió que iba a morir, se lo dijo a su mujer, se tendieron juntos en la cama y mientras ella le abrazaba, él se apago como una velita.

—Maravilloso. Pero no todo el mundo cuenta con una mujer comprensiva, llegado el caso.

—Eso es otra historia —me guiñó un ojo—. ¿Le hemos sido de utilidad?

—Mucho. Gracias Veronica.

—Me llamo Luz —dijo, entre extrañada y divertida.

—Es igual. Siempre será Veronica para mi.

TRECE

Llamé a Expósito, mi chafardero volante a sueldo, desde el despacho. A mi alrededor, revoloteando como la hermana gorda de una libélula gorda, la Roser sacaba brillo a las baldosas con su escoba; mi promesa de compensarla con un papiro verde le había llegado al corazón.

—¡Cuánto tiempo sin oír tu agradable voz! —dijo el IBM con bigote de falangista.

—Y sin ver el color de mi pasta.

—Has roto el encanto, pequeño. ¿Es que no tienes sensibilidad?

—Tengo; lo que me falta es algo que tú necesitas constantemente: que te llenen los bolsillos. Para que lo sepas, he utilizado otros medios de información ajenos a ti, más económicos e igualmente fiables.

—Sí, pero al final has vuelto. Todos vuelven.

—Dijo la madre superiora. Bueno, al grano; necesito una pequeñez y no quiero facturas desorbitadas.

—Como tú has dicho, vayamos al grano: ¿cuánto piensas gastar?

—No más allá de cinco mil.

—¡Qué risa! Por ese precio no te presto ni atención.

—Es cosa de nada, ya verás. Enfoca los canales y escucha: actriz checa-María Dvocek—película española: «Si es amor lo que siento...»—muerte durante el rodaje...

—No sigas. Lo recuerdo perfectamente. ¿Qué necesitas saber?

—Cómo acabó el asunto. Si hubo detenciones o el caso se cerró sin más. Creo que la joven se picaba.

—Sí, eso me han dicho. Espera un momento.

Le imaginé recurriendo a sus archivos en busca del dato. Mientras, la Roser alzaba una considerable nube de polvo sobre todos los seres vivos y muertos de la estancia.

—¿No podría echar un poco de agua, o algo así? —le sugerí—. Me estoy ahogando.

—En el castigo hallará la penitencia —tosió—. Si fuese un poco más limpio con sus cosas, no se le amontonaría la suciedad.

Aborté los deseos de lanzarle el teléfono a la cabeza como pude. Al otro lado de la línea, Expósito ya me estaba hablando.

—Toma nota: la producción es del ochenta y seis, hace dos años. La dirigió Eusebio Sisqués. Al asunto se le dio carpetazo porque todo parecía cuadrar: la tal Dvocek tuvo un desliz y se le fue la mano en el pinchazo, minutos antes de entrar en el plateau; su experiencia en el campo del *vuelo sin motor* era cosa sabida. La encontraron tirada en el suelo de su camerino, como una vulgar colilla. ¡Y no era fea, la chiquita...! Tengo aquí una foto suya que...

—Me la mandas con el informe por escrito. ¿Algo más?

—No mucho. La película se terminó, a pesar de que faltaba rodar casi el treinta por ciento del papel de la Dvocek. No sé si conoces a Sisqués y su vida y milagros...

—Creo que es de familia rica, ¿no?

—Te quedas corto. Ha dirigido sólo un par de películas, pero no sé cómo se las arregla siempre para estar en la cresta de la ola. Amigos influyentes, dueño de un par de bares postmodernos del centro, resabios de gauche divine...

—Vuelves a divagar. ¿Cómo quedó la película, con la desaparición de la difunta?

—Sisqués fue redactando un nuevo guión sobre la marcha. Colocó a la que le hacer las funciones de esposa en el lugar de María la checa, y aquí gloria y después pena.

—¿Su mujer también es actriz?

—No; pero tampoco lo era la Dvocek, puestos a mirar. Y el guión no era ningún guión y la película salió como salió. Pero con la ayuda de la panda de mangantes que lleva siempre colgando Sisqués a su alrededor y gracias al morbo suplementario de saber que la protagonista la palmó en los estudios, no te digo yo que algún día no llegue a estrenarse.

—¿Aún no se ha estrenado?

—A mí no me consta, pero no me hagas mucho caso. Lo mío no es el cine. Prefiero la realidad. No soy como otros, que se quedan tuberculosos accionándose el manubrio frente a la pantalla.

—¿Eso va por mí?

—Líbreme Dios siquiera de haberlo insinuado. ¿Para qué más te soy bueno?

—Para pasar el recibo, supongo.

—Esperaré tu cheque. Y conste que te lo dejo en cinco mil porque hay una amistad.

Colgué porque mis ojos eran dos enormes conglomerados de motas de polvo. La vieja foca barría ya en dirección a la escalera, convertida en una nebulosa de miasmas. Me acerqué a la ventana y aspiré una enorme bocanada de aire de Pelayo para recuperar el aliento. Casi fue peor el remedio que la enfermedad: el agua de las cloacas bajaba más pestilente de lo habitual y los tubos de escape de los autobuses escupían su desencanto por tanta hora extra de trabajo sin ningún miramiento.

Cerré la puerta, deslicé la sábana entre las garras de la celadora de mi guarida y salí de estampida.

* * *

Luisa, la montadora del estudio de Rosa Trecet, seguía teniendo las piernas tan largas como el otro día y el mismo pitillo calado entre los labios; y si no era el mismo, se le parecía mucho. Me abrió la puerta y sostuvo el vano de madera con el brazo izquierdo levantado. Era de mi misma estatura, tenía el pelo lleno de rizos color castaño, rematados por una tosca cola de caballo, su camisa a cuadros no era lo suficientemente holgada como para ocultar un busto superlativo y una cintura de avispa y en sus ojos de supuesta devoradora de machos, además de un acento desdeñoso hacia los de mi sexo, brillaba un azul tan intenso que casi podía resultar doloroso.

—Vine anteayer —dije.

Asintió, mientras escapaba un hilillo humeante de su comisura derecha. Con el brazo alzado como estaba, tenía todo el aspecto de un David de Miguel Angel pelín andrógino pero enloquecedor.

—Soy detective —añadí—. Jaime Blasco. ¿No estará el señor Millán, por casualidad?

—Acaba de irse.

—Bueno, para el caso me puede servir usted misma.

Sonrió, bajó el brazo y me repasó a conciencia desde la cabeza a los pies. La corbata se me puso colorada.

—Quiero decir que estoy investigando cierto asunto y usted...

—Pase —apartó el cuerpo lo justo para permitirme la entrada, pero no lo suficiente como para evitar que mi brazo rozase la zona de sus pezones. Cerró y caminó frente a mí, en dirección al estudio propiamente dicho. Se sentó junto a una de las mesas, con la pierna derecha insertada bajo el muslo opuesto; la tela de los jeans se ciñó a su piel. Aplastó el cigarrillo sobre un cenicero requemado por el uso y dijo:

—Siéntese —una vez que yo lo hube hecho, preguntó—: ¿Qué pasa aquí?

—¿Cómo?

—Detectives, nervios, un poli siguiendo a Millán por todas partes... Sabía que el negocio se hundía, pero...

—Sólo puedo decirle que ha habido un par de crímenes en los últimos dos días. Y que uno de los asesinados era el ex marido de la señora Trecet.

Mascó mis palabras en silencio. Su presencia destilaba un irresistible salvajismo. Una verdadera pantera, como suele decirse. Este tipo de mujeres no abundan; algunas, incluso esconden sus auténticas tendencias porque sienten miedo de hasta dónde podrían llegar si se desbocasen.

—¡Menudo follón! —dijo, al fin—. Suerte que yo acabo entre hoy y mañana y me abro definitivamente.

—El cierre de la empresa le habrá perjudicado...

—No crea. Tengo mis rollos montados por ahí. En esta historia del cine, si vales de verdad siempre sales adelante, ya sea en un lugar o en otro.

—Y usted vale, por supuesto.

—Eso dicen —buscó en el bolsillo de la camisa, hasta dar con la cajetilla de «Chester» sin emboquillar y el encendedor. No llevaba sujetador, fijo a que no—. ¿Qué es lo que busca, señor detective?

Encendí su cilindrín.

—Un par de preguntas. ¿Estaba usted aquí hace dos años?

—Sí, aunque entonces sólo esporádicamente. Trabajos sueltos, ya me entiende.

—¿No montaría usted la película de Eusebio Sisqués, «Si es amor lo que siento...»?

—No.

—Parece que se acuerda muy bien de ella...

—Tengo muy buena memoria —su cara no traslucía ningún tipo de emoción—. Pero es que, además, ese trabajo lo llevó personalmente la jefa.

—¿Rosa Trecet?

—Eso es.

—¿Por qué? ¿Era normal eso?

—Normal no —se encogió de hombros—. Pero de vez en cuando pasaba. Y por otro lado, el mismo Sisqués estuvo presente en el montaje.

—¿Aquí?

—Sí.

—¿Y eso cómo es, normal o anormal?

—Algunos directores lo hacen. Quieren meter baza en el producto. Después de todo, el hijo es suyo, ¿no?

—Desde luego. ¿Y qué puede usted decirme respecto a ese montaje?

—Pues no sé. Nada de especial, supongo. Les vi un par de veces trabajando a los dos en esta misma mesa donde ahora estamos nosotros... Pero, ¿es que tuvo que pasar algo raro?

—No, pero ya sabe usted que durante el rodaje de la película, se mató esa actriz checa...

Sus ojos se convirtieron en dos plaquitas aceradas.

—¿Y qué? —dejó la pregunta suelta en el aire, cargada de expectativas.

—No, nada. Era por decir algo.

—No me diga que todo este sacramental tiene algo que ver con lo de la checa...

Me hubiese mordido la lengua por puro bocón, como dicen precisamente en México. Saqué un «Sombra» y encendí, siquiera para recomponer en algo mi aplomo.

—Hago conjeturas —dije, al fin—. Lanzo posibilidades al buen tuntún. En esto se basa gran parte de mi trabajo. Lo cierto es que todos estamos tan despistados en este caso que nos agarraríamos a un clavo ardiendo.

Me martirizó un poco más con su mirada. A renglón seguido redondeó su labios y expulsó una voluta de humo en forma de esfera.

—Oiga —dijo—, ¿puedo preguntarle algo?

—Claro.

—Lo suyo, eso de ser investigador... ¿es vocacional?

—Creo que sí. Sin ir más lejos, puedo decirle que yo ya nací con un antojo en forma de lupa en la nalga derecha.

Tardó un poco en sonreír, pero cuando lo hizo la mueca le sentó a las mil maravillas.

—Me está tomando el pelo —dijo.

—Sería incapaz. Mire, en otro lugar y en distintas circunstancias, incluso no tendría ningún inconveniente en mostrarle ese antojo. Pero dejémonos de frivolidades. ¿Conoce usted a Sisqués?

—Le he visto, sólo eso. Nunca hablé con él.

—No tendrá idea de dónde podría localizarlo...

—Pues me parece que estos días está rodando un spot de no sé qué marca de champán en los estudios Alcor. La otra tarde lo dijeron por TV3.

—¿Caen muy lejos esos estudios?

—En la calle Cruz Cubierta, junto a la estación de metro de Hostafranchs. No tiene pérdida.

—¿No es algo raro que un director de cine como Sisqués se dedique a la publicidad?

—En absoluto. Y no crea usted que todos pueden hacerlo. ¡Qué más quisieran algunos! Lo de la publicidad da dinero abundante y uno no necesita trabajar demasiado para conseguirlo.

—Sisqués, según tengo entendido, tiene fama de un tanto enfant terrible...

—Me parece que sí, que en su época lo fue. Rodó un par de anuncios que se hicieron famosos al pasar por televisión y desde entonces se lo disputan las mejores agencias publicitarias. También es verdad que, según he oído, ha dejado seco a más de un sponsor con sus facturas desorbitadas. Creo que, en el fondo, el chico no deja de ser un niño bien. Con el dinero de los suyos pudo hacer un par de películas de la manera que quiso y cuando le dio la gana. Siempre ha tenido las espaldas cubiertas, para entendernos.

—Y sus películas, ¿qué tal?

—¿No ha visto ninguna?

—Pues no.

—Están cargadas de tics privados y de mensajes que sólo captan la camarilla que suele acompañarle. A mí, particularmente, me parecen bastante chorras.

—No será tanto...

—Mire, ahora mismo están reponiendo «Virgo prudentíssima» en los cines Verdi. Esa fue su primera película. Acérquese un rato y entre en la sala. Ya me dirá. Si aguanta más de media hora sin que se le destrocen los nervios, le invito a una copa. Y luego está esa manía suya de que cada dos minutos salga un individuo aplastando escarabajos con el dedo...

—¿Escarabajos?

—Sí. Debe de tratarse de algún mensaje de los que antes le hablaba.

—¿Llegó usted a ver algo de «Si es amor lo que siento...»?

—Algunas escenas, aquí mismo. Y era más bodrio todavía que la «Virgo» de la puñeta.

—Tal vez por eso no se estrenó comercialmente...

—No, no fue sólo por eso. Es que la película se rodó totalmente con un nuevo sistema de editaje, el super-8 en video, que según dijeron ofrecía una calidad de fotografía sensacional.

—O sea, que no se utilizaron cámaras normales...

—Si por normales entiende usted las de cine, treinta y cinco milímetros, panavisión y todas esas, pues no. Se rodó con U-matic y material de super-8 ultrasensible. De esta forma, se podía controlar el trabajo de cada toma en el monitor de video, al mismo tiempo que se editaba.

—Entonces, la película se quedó muerta en un rincón...

—Pasó por algunas televisiones europeas. Se tenía la idea de que, según fuese la reacción del público, se realizaría una copia standard en treinta y cinco milímetros y la productora se arriesgaría a un recorrido por las salas comerciales.

—¿Y cómo fue la reacción del público?

—A la vista está. No se ha estrenado en ningún cine, ¿verdad? Pues eso.

—Sisqués insistiría con lo de los escarabajos machacados...

—No, esta vez lo que privaban eran los caracoles. La protagonista sentía una especie de repugnancia y fascinación al mismo tiempo por esos animales.

—Eso me recuerda que una vez vi un porno americano en donde uno de los actores alcanzaba el orgasmo mediante el deslizamiento continuado de una babosa sobre su prepucio —observé su reacción: había sido nula—. Bueno, esto no viene al caso, desde luego.

—Yo prefiero los métodos más... habituales —dijo, apenas sin despegar los labios.

Me aclaré la garganta.

—Y yo —dije, levantándome—. Muchas gracias por su colaboración.

—No ha sido nada —liberó la presa que ejercía una de sus piernas contra el muslo antagonista. Se levantó y el pecho le hizo un gracioso quiebro al erguirse—. Dígame, ¿siempre utiliza este método de trabajo?

—Me temo que no la entiendo.

—Preguntar y preguntar, sin apenas intervenir.

—Es la mejor manera de conseguir información. La gente, hoy día, está deseosa de contar cosas. Ya sabe, el problema de la incomunicación y todo eso. Aunque, de vez en cuando, si quiero dar una imagen algo más dura me traigo la pistola de casa.

—No creo que sea usted muy duro —entornó las pestañas al mirarme.

—Bien, de todas formas, será mejor que no me ponga a prueba.

—No, si se lo he dicho como un cumplido. A mí ya me va bien como aparenta ser.

Caminó hacia la puerta, sin darme opción a una mínima réplica. Quizá fuese mejor así. Al llegar al umbral del estudio, me dijo:

—Si alguna vez necesito de los servicios de un detective, recurriré a usted.

—No deje de hacerlo. Vengo en la guía.

Descorrió el cerrojo y apenas me dejó espacio libre para pasar. Contuve el aliento y pude cruzar entre ella y el marco de la puerta, no sin antes rozar sus pezones por segunda vez en poco tiempo.

—Ya nos veremos —dije.
—La verdad es que me he quedado con la ganas.
—¿De qué?
—De comprobar lo de su antojo —sonrió.
Y cerró la puerta, sin dejar de sonreír.

CATORCE

Los estudios Alcor ocupaban un caserón de dos plantas que comunicaba por su lado norte con el comienzo de la calle Consejo de Ciento, mientras el resto del edificio correspondía a Hostafranchs, calle y barrio a la vez, que todavía conservaba el sabor de buena vecindad de tiempos pasados, siquiera fuese una vez al año, durante la fiesta mayor de aquella zona urbana.

Entré a una especie de garita constreñida que mal podía llamarse despacho. Una puerta comunicaba con el interior del negocio. La punk de gruesas gafas que me atendió era la antítesis de la perfecta recepcionista: áspera, respondona, malvestida y perdonavidas. Le pregunté por Eusebio Sisqués y ella replicó, queriendo saber quién era yo. Empate a uno.

—Blasco, detective —dije, arqueando las cejas para ver si la amedrentaba—. Es para un asunto oficial.

Estudió mi tarjeta y no me pareció que se sintiera muy amedrentada. Se hurgó la oreja izquierda con un dedo y olió luego los restos de cerumen extraídos del conducto. Tal vez se tratase de la prueba económica del embarazo.

—No sé si estará —rezongó—. Creo que acaba la sesión a las cuatro —buscó en un cajón de la mesa y me tendió una plaquita de cartón plastificado con un imperdible en el dorso. La placa estaba rotulada con la leyenda: VISITANTE. Tenga —dijo—, colóquesela en la solapa.

—O sea, que puedo pasar.

—Usted mismo —señaló la puerta de acceso con una uña quebradiza y sin mirarme.

Me puse la credencial en la solapa, deslizándome luego hacia el interior. Tan pronto crucé la puerta, me invadió un sublime pestazo agrialcohólico a champán, como si alguien hubiese bañado la casa entera con ese líquido.

Discurrí por una entrada de vehículos de más de quince metros de anchura, vacía y semioscura. Crucé junto a dos puertas destinadas a lavabos, otras dos que parecían despachos y unas escaleras que ascendían hacia los servicios que anunciaba un rótulo: SALAS DE EDITAJE-SONORIZACION. Al fondo, se recortaban las moles cuadriculadas de dos puertas revestidas con material aislante del sonido.

La peste a champán fermentado era insoportable.

Me atreví a mover una de las puertas y entré. Era —debía de ser— uno de los platós del local. Y el espectáculo que se ofrecía a mis ojos alcanzaba el calificativo de dantesco. La sala tenía un techo de no menos de veinte metros de altura; había rieles insertados de izquierda a derecha de los muros, focos fijos junto a las instalaciones eléctricas, más focos a pie de suelo y el plató propiamente dicho, compuesto de una superficie alfombrada con tela roja, un montecillo artificial, confetti a toneladas, copas y botellas de cava por docenas, trompetillas y espantasuegras, serpentinas, la estatua de un unicornio y colgaduras de tela de raso que descendían desde el techo.

Los charcos de champán llegaban hasta mis pies. La tela del suelo estaba empapada en el mismo líquido y una manguera descansaba sobre el dosel de una silla estilo Luis XIV, procedente del depósito de descarga de una camioneta situada a mi derecha. Yo no andaba muy equivocado: allí se había insuflado champán desde el citado depósito, inundándolo todo.

Tosí, mientras los vapores alcanzaban e irritaban estadios muy profundos de mi cerebro. Media docena de empleados empezaban a secar la mojadura desde un ángulo del local, por medio de mochos y cubos; tardarían la tira. Sin embargo, quien logró captar mi atención fue un individuo de mediana edad que manipulaba en el trípode que sostenía una cámara de U-Matic. Me acerqué a él.

—Hola —le dije—. ¿Sabe usted dónde puedo encontrar al señor Sisqués?

Me miró; era de los de mala jeta perpetua. Bajo pero macizo, con el pelo visiblemente sucio y un acento torvo en su mirada, llevaba un par de días sin afeitar —eso, ahora, no es un defecto— y de su cuello colgaba un cacharrito de los utilizados para controlar la luz en el plató.

—Se ha ido —apartó los ojos de mi, continuando con lo suyo.

—Vaya. ¿Y no tiene idea de dónde podría localizarle?

—¿Cómo voy a saberlo? Yo no soy su guardián —destilaba amargura y resentimiento como bandera—. En su casa, supongo.

—Bueno, a ver si en recepción consigo las señas. Gracias.

Di la vuelta para largarme de aquella trampa con burbujas, cuando algo me hizo volver al punto de partida. Le pregunté de nuevo al de la cámara:

—Dispense, ¿ha colaborado usted en ese spot del señor Sisqués?

—Claro. Soy el director de fotografía de la *superproducción* —lanzó una carcajada seca y tan agria como el olor a champán que nos circundaba.

—¿Trabaja desde hace tiempo con Sisqués?

Desmontó la sujección de la cámara y cargó con ella en el hombro derecho.

—Unos cinco años. Lo nuestro es una unión fructífera —de nuevo aquel resentimiento en su voz.

—Entonces, será usted un profesional bien cualificado —traté de dorarle la píldora, para ver si se abría un poco.

—Algunos dicen que el mejor. Me llamo Pedro Antonio Riesgo. Y ahora no me diga que me ha oído nombrar, porque no le creo —caminó hacia la puerta, con la cámara a cuestas.

—Pedro Antonio Riesgo —dije—, premio a la mejor fotografía en el último festival internacional de videopelículas. Salió en los periódicos.

Vi que le había tocado la fibra del ego, pero no por ello se detuvo. Le seguí hacia el exterior, mientras él me hablaba.

—Es un periodista, ¿no?

—Nada de eso. Detective.

Habíamos salido del plató y al oír mi última palabra se detuvo como fulminado por un rayo. Poco a poco, fue dando la vuelta hasta quedar frente a mí. Su cara se había transformado en un amasijo de tensiones.

—¿Detective? —dijo, con un hilo de voz.

—Privado; nada que ver con la policía —no sé por qué hice tal aclaración. Siempre supongo que, con ella, la gente queda más tranquila; no fue así con Riesgo.

—¿Para qué quiere hablar con Sisqués? —preguntó.

—Necesito hacerle algunas preguntas.

—¿Sobre qué?

—Lo siento; eso no puedo decírselo a usted. Aunque... —tuve una idea—... ¿Estuvo usted en el rodaje de «Si es amor lo que siento...»?

—Estuve. También me ocupé de la fotografía.

—Entonces sabrá lo de la actriz de la película, María Dvocek, que murió...

—Como todo el mundo —me cortó.

—¿Cómo?

—Que lo sé como todos los que estábamos ese día en el plató, casi medio centenar de personas.

Agarraba la cámara como si fuese un arma arrojadiza. Erguido y con los dientes apretados, me pareció que podía utilizarla contra mi de un momento a otro.

—Verá, me interesa conocer detalles de....

—Tengo prisa; no puedo atenderle.

Me dejó plantado en el centro del pasillo, desapareciendo más allá de las escaleras que conducían a la planta superior. En estos casos y ante reacciones como la suya, se te acumulan las preguntas y también la frustración por no haberlas podido formular.

Regresé lentamente hacia la entrada. La punk con exceso de cera en los oídos respondía entonces a una llamada telefónica. Aguardé a que cumpliera con sus deberes y cuando colgó, rápidamente, me preguntó, con gesto triunfal:

—¿Verdad que no estaba?

—No, pero me han dicho que usted podría facilitarme su dirección —le devolví la credencial.

Me la dio. Le dije «gracias» y «buenas tardes», pero ella no respondió en ninguno de los dos casos. Tomé nota mentalmente para no pagar ni un duro por ver ninguna película de las realizadas en aquel estudio.

* * *

A la caída de la tarde, la Rambla de Cataluña se deja envolver por las sombras que preceden a la oscuridad nocturna y éstas, a cambio, le confieren un aire entre mefistofélico y aristocrático. No hay otra vía barcelonesa con tanto empaque y, a la vez, tanta dignidad y falta de afectación para demostrarlo. Sus edificios presentan el orgulloso rostro de los que nunca necesitarán remozamiento alguno y por el paseo central, estrecho y coquetón, circulan los pijos y la beautiful people, siempre dudando entre echar un vistazo al boulevard Rosa, entrar en el Club Coliseum a ver lo último de Allen, o tomar un gin-tónic en cualquiera de las lujosas terrazas del paseo.

Yo no tenía tiempo para perder en bulevares, cines o terrazas. Pasaban diez minutos de las siete y sólo dos horas más tarde tenía una cita con mi chica de toda la vida. Pero, como paso previo, debía resolver la última gestión de la jornada: el interrogatorio a Eusebio Sisqués.

Descubrí una cabina vacía frente al edificio del director, muy cerca de Mallorca, y decidí llamar a Domínguez desde ella, siquiera fuese para darle el pésame por lo de su padre. No tuve suerte; él no estaba en casa. La poli le habría pillado por su cuenta.

Pasé por la barrera natural del portero sin ningún problema y subí hasta el cuarto piso con ayuda de un ascensor que, además de empaque, tenía los cojinetes desengrasados.

Cada planta albergaba un solo piso; eso ya tenía que haberme alertado respecto a lo que vería dentro de la vivienda de Sisqués. Pero uno suele alertarse para descubrir ambientes lujosos: para esquizofrenias personales, el ser humano nunca está preparado —a menos que sean las suyas propias.

Llamé y me abrió el mismo Sisqués. Supe que era él cuando nos presentamos mutuamente. Yo Blasco, tú Sisqués; ¿y Chita...? Con sus plátanos, faltaría más. El señor director rozaba la cuarentena y medía alrededor de un metro setenta y cinco. Llevaba el pelo —tupido y formando largas guedejas—, cargado de brillantina; olí a las mil fragancias for-men de una colonia apestosa, vestía camisa a rayas —color gris y negro— pantalones de pana —color ala de mosca— y botines de piel, y en los dedos de sus manos cargaba con no menos de media docena de anillos de distintos grosores y diseños.

—¿Unas preguntas? —dijo—. ¿Quiere hacerme unas preguntas y es usted investigador...? —repitió, pasando una mano por su mentón. El asunto le debía parecer divertido, porque sonreía.

—No le molestaré mucho —insinué.

No tenía un rostro desagradable, a excepción del pelo churretoso. Boca ancha y carnosa, nariz clásica y ojos oscuros. Y en los ojos, un velo turbio característico de los prójimos que van cargados de una u otra forma. Cuando vi que se tambaleaba un poco y su sonrisa derivaba levemente hacia la mueca idiota, mi suposición se vio recompensada por la certidumbre.

—Pase, pase —dijo.

Pasé. No había vestíbulo y la impresión te abofeteaba por sorpresa. Era una gran sala central, a la que se le había añadido un retazo de techo postizo que descendía desde la izquierda en diagonal, situándose sobre un plafón de madera elevada a medio metro del suelo. Había como veinte mil almohadones, cojines y pufs de distintos tamaños desplegados por doquier; ni una sola silla, ni una mísera butaca. Unas escaleras de madera en forma de caracol ascendía hacia lo que supuse podía ser un dúplex. Un cuadro de Miró presidía el muro central, como para dejar bien claro al visitante que aquella era la pieza más cara de la colección. Las otras telas que colgaban aquí y allá no me resultaron conocidas: mujeres con cabezas cuadradas y prados repletos de latas de coca-cola. Los libros se amontonaban de cualquier forma en un viejo arcón abierto; desde que Pepe Carvalho empezó a quemar a los clásicos en su chimenea de Vallvidriera, la gente se desmadraba que daba gusto. Una mesita baja, acristalada, reunía docena y media de bebidas distintas, vasos y una coctelera. Dos móviles se te echaban encima tan pronto avanzabas hacia derecha o izquierda: eran las figuras de Frankenstein y de Rodolfo Valentino en tamaño natural y surgían de improviso, supongo que accionados por algún mecanismo fotoeléctrico. La guinda del panorama la componían cuatro televisores de gran tamaño, asentados en el mismo suelo, funcionando todos a la vez, sin sonido y emitiendo por canales distintos.

—Vamos a sentarnos —dijo Sisqués—. Estaremos más cómodos.

«Y podrás llevar tu tea con algo más de dignidad» —pensé, apartando al mostruo de Frankenstein, que se había encariñado conmigo.

Comprendía que de lo que se trataba era de doblar las piernas al estilo indio y dejar caer tus glúteos sobre alguno de los almohadones de la colección. Sisqués lo hizo, sin apartarse mucho de la mesita baja, donde tenía el bebercio más a mano. Me agaché y cuatro articulaciones de mi zona lumbar se quejaron; tuve que apoyar un codo en el suelo para no quedar de espaldas y en una posición muy poco agradecida. Logré situarme recto tras no pocos esfuerzos. Constancia es mi lema.

—¿Quiere usted una copa? —me preguntó Sisqués.

—No, gracias.

Agitó los hombros y le dio un tiento a un vaso lleno hasta los topes de un líquido blanco que, desde luego, no era agua de la fuente. La botella de Beefeather no andaba lejos. Paladeó, tragó, pasó una mano por la brillantina del pelo y volvió a sonreír al mirarme, aguardando mi primer disparo. Era inútil andarse con rodeos y, además, mis piernas no tardarían en pillar rampa, así que le dije:

—Investigo un par de asesinatos y en el caso ha salido a relucir aquel asunto desgraciado que tuvo lugar durante el rodaje de «Si es amor lo que siento...» Me refiero a la muerte de María Dvocek.

El ojo derecho le hizo un pestañeo súbito. Me di cuenta de que su sonrisa desaparecía.

—¿Qué... qué ha salido a relucir? ¿Qué quiere decir con eso?

—Nada en particular. Tal vez me haya expresado mal. Esos asesinatos que he mencionado giran en torno a la figura de la señora Trecet, la montadora. No puedo entrar en más detalle.

—¿Rosa? —estuvo tentado de coger de nuevo el vaso, pero se lo pensó mejor—. Oiga, perdone... —agitó la cabeza, como para despejar la pájara; a buena hora—. No entiendo...

—Me bastará con que me dé algunos datos respecto al accidente de María Dvocek.

—¿Datos? ¡Es que no hay datos! —extendió los brazos—. Se pasó con la dosis y no llegamos a tiempo para salvarla. Eso es todo.

—¿La llevaron enseguida al hospital?

—Claro; pero ya salió muerta de los estudios.

—¿Rodaban en Alcor?

—No, en Videocomunicación. Pero es que... mire, no logro entender qué relación hay con Rosa y este asunto —no pudo resistir por más tiempo y fue de cabeza al vaso, como un verdadero náufrago.

—Ni yo mismo sé si existe esa relación —dije, y era sincero—. ¿Sabe usted si la señora Trecet y María Dvocek se conocían antes del rodaje o durante él...?

—No —me cortó.

—¿Cómo se contrató a esa actriz?

—Por los medios habituales. Hay... agentes artísticos que se ocupan de eso.

—Ya, pero, ¿por qué precisamente a ella? —sentí los primeros calambrazos en las piernas.

—Verá... me interesaba una mujer que diese el punto justo de ambigüedad y morbo que exigía el papel. Yo escribí también el guión y sabía exactamente cuáles eran mis deseos en ese aspecto. Y como había visto a María en una coproducción francesa que... que ahora no me acuerdo como se llama, pues... Mire, de verdad que estoy confundido.

«Estás borracho y punto».

—¿Quién descubrió el cadáver? —pregunté.

—Yo mismo.

—Vaya, se llevaría usted un buen susto.

—Sí, claro. Fui a avisarla de que íbamos a empezar una escena y allí estaba, en el suelo, con la jeringuilla no muy lejos.

—¿Sabía usted que ella se pinchaba?

—Pues sí, no se lo voy a negar.

—¿Y le daba igual?

—Completamente. Cada uno hace lo que quiere con su vida.

—Sí, pero la disciplina del rodaje y todo eso... ¿No le había motivado ningún perjuicio esa adicción de la primera actriz?

—Ninguno.

Suspiré, sin poderlo remediar. La historia no daba mucho más de sí por aquel lado. Y las piernas apenas me respondían. Sisqués acabó con el vaso y se sirvió un nuevo tanto. Premio para mis deducciones anteriores: el jarabe era de Beefeather.

—¿Tuvo usted algún problema en el proceso de montaje de la película —pregunté.

—No. Rosa era una gran profesional y los pequeños retoques que yo aplicaba sobre la marcha los realizábamos ju-juntos...

Se le trababan las palabras pero, paradójicamente, la seguridad y el aplomo parecían regresar a sus facciones. Por mi parte, como no me levantase con urgencia, corría el peligro de perder mis extremidades inferiores por la gangrena causada por aquella mala postura que me atormentaba.

—Creo que su esposa ocupó el lugar de María —dije.

—Sí. Fue algo muy curioso.

—¿Por qué?

—Bueno, ella... ella me lo había pe-pedido muchas veces y yo... en fin, vistas las circunstancias, le di esa opo-oportunidad. Había trabajado antes en el... en el teatro y...

Como si hubiese estado esperando este momento justo para entrar en escena, una joven se deslizó por las escaleras de caracol que comunicaban con el piso superior. Serpenteó con su cuerpo hasta llegar frente a nosotros.

Era delgada y carecía de cualquier forma femenina destacable. Llevaba una malla negra que le enfundaba el cuerpo como un guante, desde el cuello hasta los pies. La ropa interior, blanca, se trasparentaba bajo el citado envoltorio. Debido a su escualidez y también a su rostro, cargado de ángulos y coronado por dos ojillos huidizos, tenía todo el aspecto de una larga y asexuada salamandra.

Siqués me la presentó desde su almohadón.

—Hablando del rey de Roma —dijo—, aquí es-está mi mujer. Mira, Charo... este señor es de-de-de...

—Detective privado —me levanté, ahogando un grito de dolor al percibir que algo así como media docena de puntiagudas cuchillas me pinchaban las piernas.

—Encantado —dije, acercándome a ella, trastabillando y ciscándome interiormente contra todos los almohadones de la tierra.

—Igualmente —respondió la tal Charo.

Estreché su mano y fue como aprisionar cinco alambres helados entre mis dedos. Ella movió la cabeza en dirección a su marido y le dijo:

—Me voy a lo del aerobic. No creo que tarde.

Sisqués alzó una mano en señal de asentimiento. Ella cogió un chaquetón fino, colgado cerca de la puerta, y se lo puso sobre los hombros, marchando luego sin despedirse. Me pregunté, mientras la veía partir, si aquella belleza huesuda podía haber dado todo el juego ambiguo y morboso que exigía el guión de Sisqués en la película de marras. Por la zona de mis bajos, las piernas recuperaban su riego sanguíneo con apuros. El director parecía estar esperando a que yo volviera a sentarme: ni hablar de ello.

—Nos casamos en Helsinki —dijo, llevándose el vaso por enésima vez a las fauces.

—Qué bien.

—Sí, nos citamos allí para casarnos.

—¿Cómo?

—Que nos... citamos allí pa-para casarnos —repitió, pestañeando con los ojos algo desorbitados—. Yo fui a Helsinki en avión y ella en coche.

—Fue... debió ser una promesa, supongo.

—No. Pero algo hay que hacer, ¿no?, para esc-esc-escapar de la rutina de cada día.

—Eso es verdad. Yo, sin ir más lejos, suelo investigar crímenes y no vea usted cómo escapo de la rutina. Un puro flipe, se lo aseguro.

Era como hablarle a un lavadero metalizado. Me sonreía estúpidamente, sin dar señal alguna de comprenderme.

—Estuve conversando con uno de sus colaboradores —dije, de repente—. Riesgo. Le conoce, ¿no?

Volvió a esfumarse su sonrisa.

—Sí, claro que lo conozco —dijo.

—Es un poco insociable, ¿verdad? Me ha dejado con la palabra en la boca.

—Depende... de lo que le haya usted dicho —me estudió, pero su mirada era demasiado turbia como para mantenerla sujeta mucho rato.

—Nada en especial —dije—. Hablamos de usted.

—¿De mí?

—Sí, de su colaboración en varias producciones.

—Y... ¿no tocó usted el tema de Rosa Trecet?

—Pues no. ¿Tenía que hacerlo?

—Eso... usted sabrá.

Buscó la botella, como dando por terminada aquella conversación. No llegó a coger el líquido de fuego. Se le venció el torso hacia adelante y quedó tan frito como una cría de oso al iniciar su letargo invernal.

QUINCE

El maitre de La bota del racó nos instaló a Laura y a mi en un rinconcito poco iluminado del primer piso del local. La música era suave y la comida, como siempre, resultó ser abundante y excelente. Pedimos pan con tomate y jamón y una parrillada de carne; con esto había más que suficiente, si tenemos en cuenta que en La bota sirven platos que no son tales, sino auténticas bandejas de las que pueden surtirse hasta tres clientes. Para beber nos dejamos llevar por el exotismo y pedimos una sangría familiar —«familiar» por lo de su tamaño (desorbitado), pero por ninguna otra razón; estaba cargada y bien cargada.

Laura vestía una blusa sin hombreras, ligeramente escotada, en negro billante; su falda era de cuero suave, con aberturas por los laterales; las botas de media caña le llegaban hasta el centro de la pierna. Hacia la segunda rebanada de pan con tomate, la falda se le había subido hasta medio muslo y mis intenciones —lo reconozco— eran un tanto torvas.

—Aquí te camelé —le dije, sosteniendo un pedazo de pechuga de pollo en la mano derecha—, cuando volvimos a encontrarnos al cabo de los años.

—Corrección: aquí me dejé camelar —alzó su vaso, pidiéndome más combustible.

—Ya será menos —le serví sangría—. Bien aturdida que estabas cuando supiste que yo me dedicaba a la investigación.

—Es verdad. No lo podía digerir.

—Y lo mucho que nos peleamos, hasta llegar a un acuerdo.

—Sí. ¿Me pasas ese ala? —señaló la bandeja de carne.

—¿Y ahora qué? —le pasé el ala—. ¿Lo has podido digerir?

—No, pero disimulo. Sigo teniendo los mismos miedos cada vez que nos despedimos; siempre pienso si no será... Pero dejémoslo; se supone que la mujer del detective debe ser fuerte y tierna a la vez.

La besé en la mejilla, ella se limpió los labios y me respondió con otro beso, éste bajo mi patilla. Nos sonreímos y volvimos cada cual a lo nuestro: ella a su ala y yo a mi pechuga. Por el rabillo del ojo me fue fácil comprobar que el cuero de su falda se había retirado un centímetro más en dirección al ombligo.

—¿Cómo va lo tuyo? —me preguntó de repente.

—¿En general o...?

—Ese asunto de Keaton.

—No podría decirte... Me encuentro en ese momento inócuo de todos mis casos, en que casi estoy seguro de que el camino que he tomado no es el correcto, pero por otro lado no puedo volver atrás, porque tras de mi no hay nada.

—No parece muy satisfactorio —depositó la carcasa del ala sobre su plato, se limpió las manos y me miró fijamente, antes de hablar—. Jaime...

—¿Qué?

—Nunca dejarás este trabajo, ¿verdad?

—No, hasta que consiga un rajá como cliente y me cubra de petróleo por haber rescatado a su vigesimoséptima hija de las garras de la trata de moros en el Maresme.

—Hablaba en serio —sonrió, pero era una sonrisa amarga.

—Y yo no puedo responder en serio a tu pregunta. Tengo cuarenta años, Laura. Tengo una carrera que nunca terminé y tengo mis dudas de que, aunque lograse terminarla, me gustara dedicarme a la investigación científica en la rama de química. Eso suponiendo que diese con algún trabajo.

—Siempre he creido que, en el fondo, te va lo que haces.

—No sé. Si me gusta, debe ser por aquello de la fascinación del horror... Sería fácil decir que conoces a mucha gente, que eres útil a la sociedad... Pero la verdad es que la gente con quien hablas nunca te muestra su lado auténtico; te deja ver tan sólo su parte mezquina, mentirosa, calculadora... ¿Por qué? Porque tienen miedo, claro. Todos tenemos miedo; pero tú tranquila: dicen que en el noventa y dos seremos muy felices con lo de las Olimpiadas.

—A mi no me gusta el deporte...

—Mal hecho; te saldrán michelines.

Siguió mirándome durante unos segundos, hasta que tomó mi rostro con sus manos e insertó sus labios entre los míos. Al apartarse, me pasó el paquete de servilletitas de papel que siempre lleva consigo.

—Límpiate —dijo—. Tienes la boca llena de «Tentación número seis» —observó detenidamente la bandeja con la parrillada—. Mmm... creo que cogeré ese par de costillas de conejo.

—Y yo creo que pediré otra sangría. Hemos acabado con la primera.

—Embrutecidos por el vicio, así es como estamos.

Nos reímos. Pedí una nueva jarra y le ofrecí alioli a Laura, para el conejo.

—¿Quieres?

—Un poco... pero sólo si tu también tomas.

La invitación posterior contenida en la frase me hizo rugir en mi clásica imitación del lobo en celo. Un par de clientes de una mesa cercana me observaron, impresionados. Laura no sabía cómo reír a gusto sin soltar el bocado de conejo que tenía entre los dientes.

Hacia los postres —ella una porción de pastel de trufa y yo un café irlandés—, casi habíamos agotado los esporádicos temas de conversación que suelen surgir en estos casos. Nos sentíamos a gusto, la sangría estaba dando su juego y la posición de su falda podía haber sido declarada fácilmente como peligro público. Acabó con el pastel y extrajo un «Winston» de su cajetilla. Se lo encendí. Soltó el humo y apoyó su espalda en el muro que formaba tope contra nuestras sillas.

—¿Te has preguntado alguna vez —dijo—, a dónde fue a parar aquel chico de Reus llamado Jaime Blasco?

—¿Te refieres al del cabello cortado a cepillo? —deslicé una mano sobre su muslo. El primer paso ya estaba dado. Contuve el aliento. Ella ni se inmutó. Bien—. ¿Hablas de aquel tontaina que corría tras las trenzas de cierta jovencita pecosa?

—Ni llevaba trenzas, ni era pecosa —no se movió para mirarme. Mis dedos avanzaron hacia su entrepierna, lentos pero ávidos.

—¿Y cómo sabes que me estaba refiriendo a tí? —pregunté.

—No seas fantasma. Entonces, no te habías comido ni medio rosco todavía.

Separó un poco las piernas. Mi mano casi alcanzaba su objetivo.

—No nos apartemos de la cuestión central —dije, sintiéndome envuelto en sudores—. Has preguntado a dónde fue a para aquel Jaime Blasco y tú nunca sueltas algo así si no es con doble intención. Por cierto, ¿quieres café?

—No, gracias.

Cerré los ojos. Acababa de dar con el macizo de delicias. Ella no se movía. Creo que también cerró los ojos. Lo bueno del caso es que, vistos de lejos, podíamos dar la impresión de ser una pareja de mediana edad que estaban a punto de dormirse. Pero por debajo de la mesa... ¡Ah, amigo! Debajo de la mesa ya era primavera, florecían los almendros y manaba miel y ambrosías más allá de los límites del arco iris.

—¿Vas a responderme? —dije, con la voz quebrada.

—Jaime...

—Dime, cariño.

—Aparta la mano —se enderezó un poco.

—No me digas que vuelves con tus recatos de antes...

—No vuelvo a ningún sitio —cogió mi mano y la depositó en la mesa—. Es que me estás poniendo caliente y no querrás que montemos el número aquí, delante de todos.

—Sabias razones —admití.

Y volvimos a reír.

Pedí la cuenta y mientras nos la preparaban, me atreví a confesar a Laura uno de mis deseos más íntimos y también menos divulgados.

—Siempre tuve ganas de hacer algo... que no creo pueda conseguir jamás —dije.

—¿Qué?

—Prométeme que no te reirás.

—Si lo hago, será sólo con buena intención.

—Está bien. Te advierto que es un deseo un tanto lujurioso.

—Como todos los tuyos.

—Ya empezamos.

—Anda, cuéntamelo.

—De acuerdo. Imagínate una sala románticamente iluminada; y en el centro de la sala, una mesa dispuesta para la cena. Sobre la mesa, todos los ingredientes, incluso candelabros con velas encendidas. Yo, vestido de smoking y con pajarita, me siento frente a una mujer de bandera auténticamente esplendorosa —vestido largo, collar, amplio escote, ya sabes—. No hay nadie más en la sala. En un momento dado, yo me quito el zapato del pie derecho bajo la mesa con discreción… y tiendo la pierna directamente hacia la falda de la mujer de bandera. Bueno, hacia la falda no es muy exacto; te dejo adivinar qué es lo que busca exactamente mi pie. Ella abre sus muslos y me permite el paso. Levanto su falda con el pie, mientras brindamos con champán. Avanzo hacia mi objetivo y al coincidir el dedo gordo con… bueno, con ese objetivo, el dedo gordo y el resto de mi organismo se lleva la gran sorpresa de descubrir que la mujer de bandera… va sin bragas por el mundo.

Callé, dado que el camarero me mostraba la minuta. Pagué, encendí un «Sombra» y sonreí a Laura, que se había quedado expectante, como aguardando el final de mi discurso.

—¿Y qué más? —preguntó.

—Eso es todo.

—Pues vaya una gracia —parecía desencantada—. ¿Así que no hay… digamos consumación?

—No hay consumación, mi prosaica amiga. ¿No te das cuanta de que en este tipo de historias, lo verdaderamente mágico es la preparación previa? El resto no es más que un puro ritual fisiológico sin ningún misterio.

—¿Así que *eso* es lo que hacemos tú y yo a menudo? ¿Un ritual fisiológico sin ningún misterio?

Le cogí una mano y me la llevé a los labios. Sus ojos vibraban con esa luz pícara e inteligente que yo conozco tan bien.

—Si supieras cuánto te quiero —le dije—, creo que te asustarías.

—No es fácil asustarse teniendo cerca a un detective que vela por ti —se me abrazó—. Yo también te quiero, mi pequeño trasto… —se apartó, buscando su chaquetón—. ¡Vamos!

—¿A qué viene tanta prisa?

—Estamos empezando a dar el espectáculo.

Era verdad. Los cuchicheos de las mesas contiguas formaban un coro envidioso a nuestro alrededor. Envidiosos los hombres, por supuesto. Una mujer como Laura no es algo que se vea todos los días. Salimos algo avergonzados del local. Ella, sin embargo, se reía bajo la nariz, como la niña que acaba de cometer una travesura.

Era una noche plácida y la temperatura no debía bajar de los quince grados. Virgen de Montserrat estaba casi vacía y el silencio de la hora nocturna se rompía esporádicamente con el paso de algún vehículo en dirección a Lesseps. Tomé a Laura por la cintura y traté de recordar el emplazamiento donde aparqué mi bólido.

—Ah, sí, a la izquierda —dije.

Estaba en la acera de enfrente. Fuimos a cruzar y mientras aguardábamos el paso de un coche que se aproximaba, sentimos ese repentino rapto tan nuevo y tan viejo a la vez entre dos seres que se aman, que conduce inevitablemente al beso. Por fortuna, un segundo antes de cerrar los ojos para recibir la caricia, se me escapó una mirada hacia el vehículo que ya estaba a nuestra altura.

Surgió una mano de la ventanilla del conductor. Y esa mano sostenía un objeto. El coche pasó como una exhalación, pero el objeto saltó hacia nosotros, impulsado por esa mano.

Era una granada.

DIECISEIS

Hice lo único que estaba en mi mano, vistas las circunstancias: tirar de Laura, correr junto a ella tratando de cubrirla con mi cuerpo y buscar el refugio de algún coche aparcado cerca de nosotros.

La granada casi estaba impactando contra el suelo cuando saltamos tras un Renault situado un par de portales más allá de La bota. Tuve que hacer un gran esfuerzo para lograr que Laura me secundara. Utilicé todo el peso de mi cuerpo para tenderla en el suelo y tapé su cabeza con mis brazos.

La granada estalló.

La onda expansiva retumbó en nuestros oídos; los cristales de vehículos y ventanas saltaron al unísono; la noche se transformó en día mientras duró el fogonazo; la metralla escupió su mensaje mortal en todas direcciones; el Renault que utilizábamos como pantalla protectora se agitó visiblemente. Tras el terrible y corto proceso —corto, pero que a nosotros nos pareció interminable—, quedaba la fase final, tal vez la peor. Descubrí el rostro de Laura: estaba sucio tras su contacto con la calzada; ella temblaba.

—¿Cómo estás? —apenas oí mi voz.

Asintió con la cabeza. El mentón le vibraba como al muñeco del ventrílocuo. Descubrí —no sin cierta sorpresa— que yo tampoco estaba herido. Alguien gritó no muy lejos. Nos levantamos. A Laura le flaqueaban las piernas y a mí se me hacía difícil localizarlas. Salieron varias personas de La bota y las ventanas del sector se iluminaron para dejar paso a decenas de rostros aturdidos.

—¿Qué...? ¿Qué ha sido? —preguntó Laura; se resistía a llorar, pero sus ojos estaban húmedos.

—Una granada de mano. Iban a por mí.

Nos atendieron y, ya dentro del restaurante, pedí el teléfono.

Marqué el cero noventa y uno, les dije lo que había y pregunté por Galíndez: me respondieron que no estaba de servicio y que no me moviera, que venían para aquí.

Uno de los camareros nos sirvió coñac. El temblor iba desapareciendo de las manos de Laura. Y no lloraba. Los parroquianos se apartaron paulatinamente, tras asegurarse de que estábamos ilesos. El local, por una u otra razón, se fue vaciando en un santiamén. De la calle llegaban comentarios y voces airadas.

—Lo siento —le dije a Laura.

—¿Por qué? —había comprensión en sus ojos.

—No lo sé. No sabría decirte porqué, pero lo siento. ¡Ya ves tú...! Hace sólo un momento me decías que no es fácil asustarse teniendo a un detective junto a ti. ¡Menudo seguro de vida! Lo raro es poder estar tranquilo teniéndome cerca.

Se levantó de su silla, me besó, tomó su bolso, se echó un vistazo a través del espejito de mano y dijo que iba a los servicios, a limpiarse un poco.

La poli llegó a los diez minutos. Méndez, del mismo grupo que Galíndez, dirigía la operación. Despejaron la zona y la acordonaron, animaron a los últimos curiosos rezagados a largarse y se liaron con lo suyo: tomar fotos, hacer preguntas y coleccionar datos. Un par de camilleros muy pesados trataban de averiguar si yo tenía un shock.

—El shock es mi estado normal —les dije—. Por mí no se preocupen —señalé a Laura—. Ella sí que necesitará ayuda.

—¿Y a ti quién te ha dicho eso? —simuló enfado, con los brazos en jarras.

La vi tan entera, tan encantadoramente impetuosa, que sentí un orgullo difícil de explicar con palabras —y que me perdonen los bloques feministas—. Estoy orgulloso de Laura, mucho más porque ella no puede sentir lo mismo por mí casi nunca. Soy un trasto, como ella me calificó durante la cena. Pequeño, pero trasto de todas formas.

—He preguntado por Galíndez —le dije a Méndez—, pero se ve que esta noche libraba. A él le hubiese gustado saberlo cuanto antes.

—Todos estamos en el ajo —Méndez era bigotón y calviño—. De todas formas, no te preocupes; pronto lo tendrás aquí.

—¿Le habéis dado el recado?

—Se lo dimos hace un par de horas.

—¿Ahora sois capaces de adivinar los lanzamientos de granadas que van a efectuarse por la calle, con antelación?

—Ojalá. No, le avisamos por otro asunto, pero relacionado también con todo este follón. La cosa está que arde.

—¿Otro asunto? —me apoyé en la silla; tal vez sí que sufriese un shock, después de todo.

—Otro asunto, otro muerto.

—¿Quién?

—Millán; creo que tú ya le conoces.

—¡Millán! ¿Pero cómo...? ¡Si vosotros le vigilábais!

—Nadie se lo explica. Nuestro agente se despidió de él a eso de las nueve; bajó al portal y estuvo esperando al relevo. Cuando éste llegó, lo primero que hizo fue subir al piso de Millán, para ver si todo estaba en orden. Y ya lo creo que estaba en orden: ahogado en la bañera.

—Es increíble...

—No tanto. Imagina que alguien estuviese esperando a que el agente se largase —alguien que se hubiese escondido previamente en la escalera—. Llama al piso de Millán y éste le abre —porque fue Millán quien abrió, la puerta no estaba forzada—; le dice que es el nuevo agente de guardia y en un descuido le da el santo porrazo y lo hunde en la bañera.

—¿Y cómo escapa luego?

—Esa es la parte más fácil. O por el mismo sistema con que ha subido —escondiéndose hasta ver entrar al policía—, o por la escalera de incendios del edificio, que da a un solar vacío desde el que no hay ningún problema en llegar a la calle.

Iba a preguntarle algo más, pero entró un agente y le comentó algo al oído.

—Nos vamos —me dijo.

—¿A dónde?

—A Jefatura. Galíndez nos espera allí.

Miré a Laura.

—Oye, ella no es necesario que venga, ¿verdad?

—Sabes que *sí* es necesario.

—Pero si está al margen del asunto...

Laura se situó junto a mí, me tomó de la mano y casi me obligó a caminar hacia la puerta. En los ojos de Méndez, al observarnos, vi el mismo tipo de envidia que antes ya describí.

* * *

En la Central, Laura y yo nos separamos. A mí me tocó lidiar con maese Galíndez, faltaría más; Galíndez es como una especie de «delicias del chef» de la casa y sólo se ofrece a personajes muy selectos, como el menda. Estaba visiblemente desmoronado y los nervios que denotaba eran señal inequívoca de que los mandamases estaban atornillándole a modo. Le conté lo de la granada, pero la historia tampoco daba mucho de sí.

—Ya te dije que lo de la bola de billar traería cola —le recordé—. Ese tipo sabe lo que se hace. Me anunció fuegos artificiales y eso ha sido lo que ha soltado.

—¿Tipo...? —se rascó la espalda, intercalando una regla dentro del cuello de la camisa—. ¿Estás seguro de que es un hombre?

—¿Ya vuelves con tus ideas acerca de los fantasmas hollywoodienses?

—Podría ser mujer, ¿no? ¡Mira que llegas a ser burro!

—Si es mujer, debe ser experta en culturismo. Arrastrar el cuerpo de Domínguez bajo el túnel de Cataluña, golpear a Millán y colocarle juego en la bañera...

—Cosas más raras he visto. Hoy día, las jais son de cuidado. Y es que ya no se respeta nada. Pero díme, ¿no has visto al conductor del coche que largó el regalo?

—Vi una granada que volaba en dirección a mi cabeza. Y con esa estampita en los ojos, no tienes tiempo para fijarte en qué dirección circulan las nubes. El coche era grande, tal vez un Opel, pero no estoy seguro... Color oscuro, creo. Y estoy por asegurar que el brazo que vi asomar por la ventanilla estaba enfundado en una manga de chaqueta masculina. Y había algo más, pero no sabría explicarlo... Era algo que me chocó, pero la imagen fue tan corta...

—No, ¡si al final resultará que lo que viste fue un autobús!

—Me encanta la forma, sutil y sofisticada, con que la policía trabaja para esclarecer la verdad y ayudar al contribuyente agredido.

—En esta misma casa disponemos de alojamiento para graciosos como tú. Te lo digo, más que nada, para refrescarte la memoria.

—Gracias. Ya probé los colchones una vez y no tienen lana virgen como relleno.

—Hablando de colchones —me miró fijamente—, ¿has sabido algo de lo de la pasta que guardaba la Trecet?

¡Zas, la pregunta! —como diría Mafalda—. ¿Qué le respondía? ¿La verdad? ¿Que sospechaba que aquel dinero podía proceder de algún chantaje ejercido por la montadora sobre vaya usted a saber quién? No; definitivamente, esta baza me la guardaba para mí solito.

—Nada —dije, disimulando el embuste bajo un bostezo postizo—. ¿Y Millán? ¿Te das cuenta de que es la tercera víctima en sólo dos días?

—Claro que me doy cuenta —dejó caer sus codos sobre la mesa

y se sostuvo la cabeza con la manos—. Y te juro que no sé por dónde meter mano. Estamos volviéndonos locos con los sombreritos y el traje de marinero, preguntando en todas las tiendas habidas y por haber. Controlamos al personal y basta un mínimo descuido para que nos den morcilla, como ha pasado con Millán... Ese Domínguez no sé si esconde algo o es que viene del enanito mudo de Blancanieves, pero yo diría que se calla un par de cosas. De todas formas, lo que más me jode es esa coña de las pistas que va dejando el asesino; parece como si se cachondease de todos nosotros.

—Y el caso es que no todo el mundo conoce tan al dedillo la historia y la obra de Keaton...

—¿Tú la conoces? —estudió mi reacción.

—Algo; como conozco la de Chaplin, la de Tarzán y la del Halcón Maltés. Ya sabes que el cine es lo mío. Pero... ¿no estarás pensando que el majara soy yo? —saqué tabaco.

—¡Qué mierda! —me aceptó un «Sombra» y encendimos—. Mañana destinan a más gente para el caso. Cuantos más seamos, mucho más nos vamos a reír. Y de vez en cuando nos pisaremos la cola los unos a los otros. ¡Si hasta vinieron los de televisión, con la idea de preparar un programa especial sobre el caso!

—No me digas...

—Sí, los de TV3. Querían rodar un especial para el «Trenta minuts» del domingo. Algún bocazas se ha ido de la lengua... Y va el chicharelo del realizador y me dice que la cosa tenía ya un título provisional: «Buster Keaton está aquí». ¡Como enganche al cabrito que va largando por ahí...! —abrió el cajón superior de la mesa y extrajo su termo reglamentario—. ¿Quieres un chupito? —me ofreció—. Me lo he traído porque no sé las horas que me tocará estar aquí dentro.

—Gracias, pero no; luego me dan ardores.

Hizo un gesto procaz con la mano.

—Tus ardores viene por otro lado —señaló la puerta—. Ya he visto a la señora. ¿Es tu chavala?

—Mía no; ella es muy suya.

—¿Independiente, no?

—Bastante. Bueno, Galíndez, ¿puedo retirarme?

—Y además tienes prisa... Claro, claro, lo entiendo.

Me molestaba su tonillo patoso y sin pizca de gracia. Me levanté y caminé hacia la puerta.

—Firma la declaración antes de irte —dijo Galíndez, vertiendo carajillo en el pote del termo.

Me lo quedé mirando un instante.

—Galíndez...

—¿Qué? —alzó los ojos de su tarea.

—¿Te das cuenta de que vamos apartando los muertos a nuestro paso —y no hablo de este caso en particular—, sin que parezca afectarnos lo más mínimo? Tú destapas el termo y yo me voy a dormir... ¿Es que ya estamos tan acostumbrados a ello que no sentimos nada?

Pareció meditar mis palabras. Se llevó la bebida a la boca, pero antes dijo:

—Supongo que sí.

—¿Qué sí... qué?

—Que ya estamos acostumbrados.

Y sorbió ruidosamente del vaso. Abandoné el despacho con aquella idea en la cabeza, firmé los papeles que me tendía Mariño, con mi declaración por escrito, y busqué a Laura con la mirada. No la vi en ninguno de los despachos del primer piso y temí que se hubiese marchado. Pero no fue así; me aguardaba en la planta baja, sentada en el banco destinado a cobijar chaperos, mamonas y marroquíes expertos en caballo.

—¿Nos vamos? —me dolió verla en aquel lugar reservado para delincuentes.

—Lo estaba deseando —se levantó.

—¿Te han molestado mucho?

—No de la forma que podrías suponer. Pero sí por tratarme como a una muñeca desvalida. Ya sabes, la superprotección del macho y todo eso.

Se le formaban leves círculos bajo los ojos, pero trataba de sonreír. Miré mi reloj: eran las dos y cuarto. La tomé por los hombros y salimos.

No hablamos casi nada durante el viaje hasta su apartamento. No le pregunté si podía quedarme; por una vez, lo hice sin más. Nos duchamos por turnos y luego a la cama. «Buenas noches» y «Buenas noches». Teníamos tantas cosas que decirnos y tan peligrosas todas ellas, que optamos por callar.

Hacia las cinco de la madrugada la oí llorar, con la boca hundida en la almohada para no despertarme.

DIECISIETE

Lloviznaba sobre la ciudad y la noche no parecía despegarse de los edificios, a pesar de ser casi las nueve de la mañana. El marco adecuado para resaltar mi estado anímico. Acompañé a Laura a la Maxwell y al despedirnos me faltó cuajo para insinuarle la posibilidad de una próxima cita; si la noche pasada tocó lanzamiento de granada, ¿qué podíamos esperar para la cena siguiente? ¿Apuñalamiento de estómago con espectacular salida de paquete intestinal...?

Me besó en la mejilla tras aparcar el coche y sin mirar atrás se adentró por la puerta principal de su empresa. Siguiendo con la tónica iniciada desde que nos fuimos de Jefatura, no habíamos cruzado ni media docena de frases hasta producirse dicha despedida. «Está lloviendo», «Te llevaré en mi coche», «No, prefiero el mío; así puedo contar con él cuando salga del trabajo», «Bueno, pero de todas formas voy contigo»... Y como fondo, el sonido angustioso del cuchillo al desplegar mantequilla sobre la tostada y el sordo zambullido de los terrones de azúcar en la taza de café. No era mucho, desde luego.

Poco después llamaba al piso de Domínguez, un ático situado en la calle Mallorca, junto a Rogent. No quería ni pensar en el cuadro que me aguardaba allí dentro, pero lo que tampoco podía hacer era retrasar por más tiempo el contacto con mi cliente. En el portal había coincidido con Larrea, de la Central. Estaba de plantón y con los ojos más grandes que los más grandes ojos de un búho. Por suerte para mí, me conocía. Le dije que necesitaba recibir instrucciones de Domínguez y me respondió que mejor haría buscando otro rollo, que de éste ya se ocupaban ellos. No le recordé que ya se vio lo bien que se ocupaban con el caso de Millán, pero lo pensé.

Unos ojos temerosos de mujer se intercalaron en el diminuto resquicido formado por el vano de madera al ser abierto. La cadena estaba echada.

—¿Quién es?

—Jaime Blasco, investigador. Trabajo para el señor Domínguez. Mi tarjeta...

La inserté por el boquete. Me la cogieron. Pasaron diez segundos. Jesús Hermida daba la tabarra desde el televisor de algún vecino. Por fin, oí el sonido liberador de la cadena y me abrieron.

—Pase... y perdón por las precauciones, pero...

—No se preocupe. Lo comprendo.

Era una mujer bajita y bien proporcionada. Morena, con el cutis brillante por el maquillaje, su cara ovalada y pequeña hubiese sido mucho más atractiva sin el añadido dramático de un par de ojeras que no podían disimularse con ningún potingue. Tenía boquita de piñón, naricilla puntiaguda y una cintura de avispa de las de antes de la guerra. Supuse que podía ser la mujer de Domínguez y tan pronto cerró la puerta me hizo ver que no me había equivocado.

—Soy su esposa —dijo.

—Encantado —la palabra quedó ridícula—. ¿Está él en casa?

—Sí... acabando de arreglarse. Hoy, a las diez y media, entierran a su padre. Pero usted ya debe saberlo...

Asentí. No sabía que lo enterraban a esa hora, pero sí que el pobre hombre estaba listo para el entierro. La señora Domínguez dudaba sobre qué decirme y yo sobre cómo ponerme. Además, el recibidor era tirando a diminuto.

—Si... si quiere tomar un café... —propuso ella—. Acabo de preparar y...

—Gracias, pero lo que no quiero es molestar. Esperaré aquí mismo, si a usted le parece.

Abrió la boca para decir que no era molestia y justo en ese instante apareció Domínguez, colocándose la chaqueta oscura sobre el conjunto de camisa, chaleco y corbata con que vestía. Buscaba a su mujer.

—¿Merce...? —alzó la cabeza y me vio—. ¡Blasco!

—Buenos días; acabo de llegar —le tendí la mano—. Ante todo, sepa que lo siento. Ayer no pude hablar con usted, pero...

—Gracias. Sí, supongo que todos vamos de cabeza...

Se le veía desconcertado, aturdido, sin el aplomo con que yo le había conocido. Sus dedos recorrían los botones de la chaqueta, como asegurándose una y otra vez de que estaban abrochados. Intervino su mujer.

—¿Has tomado el café? —le preguntó a él.

—No; estaba... —me miró—. Venga, Blasco, acompáñeme. Imagino que tendrá noticias, ¿no?

—Algunas hay —pequé de discreto.

Entramos en el comedor. Era un poco más grande que el vestíbulo, pero no mucho. Muebles de material plástico, ningún objeto de madera a la vista, una Santa Cena poco vistosa en tonos marrones y caquis, sillas con patas metálicas y una tele de pantalla cuadrada. La lluvia golpeaba con fuerza contra los cristales que daban al exterior.

Domínguez cayó a plomo sobre una silla, junto a la mesa. Su mujer sirvió café. Esperé a que mi cliente se frotase los ojos y luego sentenciase:

—¡Esto es de locos!

—Sí —dije.

—¡Pensar que todo empezó por ese tonto sombrero!

«¡Y pensar que aún no sabes de la misa la mitad!» —pensé, a mi vez.

—Hemos tenido que llevar a los niños con la hermana de mi mujer —aproximó el azúcar a su esposa—. Con lo que está pasando y la policía sobre nosotros... Sin contar con mi trabajo, por supuesto... ¿Hay algo nuevo, Blasco?

Moví mi café, mirando de reojo a la mujer. No estaba seguro de que fuese prudente soltar el último catálogo de barbaridades frente a ella. Pero después de todo, ¡qué diablos!

—¿Sabe usted lo de Millán? —pregunté.

—¿Millán? —se le escurrió la cucharilla de entre las manos—. ¿Se refiere a...?

—Al socio de su madre. Le asesinaron ayer noche. En su propia bañera —advertí al rebrinco de la mujer—. De nada sirvió que la policía le vigilase, porque... —otra metedura de pata, Blasco; estás diciéndole a este alma en pena que ni en su casa puede respirar tranquilo—. Bueno, ahora no vaya usted a pensar...

—¡Millán! Pero... pero ¿qué?

—Ya sabe; él también recibió un regalo —miré a la mujer—. Lo siento, tal vez no debí decirlo delante de usted.

—No, no, lo prefiero así —a ella le temblaban las manos—. Lo que pasa es que no entiendo toda esta locura.

—¡Millán! —Domínguez se había quedado estancado con el nombre de la última víctima—. ¿Quién puede ser el loco...? ¿Qué pretende con...?

—Yo escapé por los pelos de ese loco.

Sentí cómo contenían el aliento. Les relaté lo de la bola de billar y sus consecuencias posteriores. No reaccionaban; parecían un par de modernas versiones de la mujer de Lot, tras haber pecado.

—Hemos de confiar en que el caso no dure demasiado —dije—. La policía está desplegando todos sus efectivos y moviéndose por todas partes. Hay que cercar al asesino como sea. Por mi parte...

—¡En buen lío le he metido! —me cortó Domínguez, bebiendo un sorbo de café.

—Sonará manido, pero son los gajes del oficio. Para eso estamos. Señor Domínguez, le hablaré con franqueza; pienso seguir hasta el final. No sé si lo comprenderá, pero ahora este asunto ya es un poco *mi* propio asunto. Ahora, la amenaza me toca muy de cerca.

—Lo entiendo.

—En ese caso y aunque tal vez no sea el momento oportuno para mencionarlo, sepa que han surgido algunos gastos extras y que necesitaré un pequeño suplemento. Lo tendrá todo especificado en la factura final.

—No siga —extrajo su chequera del bolsillo—. Sería mezquino discutir por dinero cuando estamos sufriendo este drama. ¿Cuánto necesita?

Le dije una cantidad y me la transmitió vía talón.

—Al menos —dijo—, tendrá usted alguna pista...

—La tengo —pensé en la película de Sisqués—, pero me permitirá que no adelante nada por ahora, y a todo esto, tengo que repetirle la misma pregunta que ya le he hecho en más de una ocasión: ¿no conoce usted a nadie —familiares, amigos, compañeros de profesión—, capaces de montar esta pantomina mortal?

—¡Por Dios Blasco! Estamos hablando de algún desequilibrado, ¿no?

—Hasta cierto punto. Se necesita mucha inteligencia para planear algo así y salirse de rositas como lo está consiguiendo.

—Qué quiere que le diga... Para mí, nada tiene sentido —miró a su mujer, como interrogándola sobre la posible existencia de algún novio de juventud desdeñado por ella y capaz de armar este cirio. Ella seguía temblando—. No, no creo conocer a alguien que almacene tanto odio, locura o lo que sea.

Me levanté.

—Bien, gracias por el café. Seguiremos en contacto. Ahora mucho más que antes.

No habíamos mencionado para nada la muerte de su padre, como si el hecho no fuese sino una coma supérflua en aquel relato de atrocidades. Claro que, después de todo, ¿de qué demonios me sorprendía? ¿No había dejado Domínguez muy claro desde el principio que lo suyo con su padre no era precisamente una historia de amor? En la puerta, estreché la mano de los esposos; él me recomendó:

—Tenga cuidado, Blasco. Y mantégame informado.

Se lo prometí y al despedirme de su mujer farfullé que había sido un placer conocerla. Sonó tan ridículo como cuando le dije «encantado», al llegar.

* * *

Logré la dirección particular de Pedro Antonio Riesgo por medio de la fastidiosa punk que montaba guardia en los Estudios Alcor. Buena discreción la suya; le costaba bien poco repartir señas a diestro y siniestro a cualquiera que se lo pidiese. Debía ser partidaria del libre comercio.

Riesgo vivía en la calle San Pablo, a treinta metros de Las Ramblas. El día no acababa de despejarse, pero al menos la lluvia había cesado. Algo es algo; un detective privado húmedo pierde mucho de su dureza visual. Y a mí se me barruntaba que no tardaría demasiado en tener que hacer gala de una buena porción de dureza.

Llamé a un edificio decrépito de tres plantas, situado junto a un consultorio en cuyo letrero de reclamo se anunciaban especialidades tales como: Incontinencias de orina, Fimosis, Prótesis mamarias, Bragueros y Tratamiento de la Eyaculación Precoz. Tomé nota mentalmente; nunca se sabe hasta dónde nos pueden llevar los trajines de esta perra vida.

—¿Quién es? —dijo una voz femenina desde el altavoz del portero automático.

—¿El señor Riesgo?

—¿Quién?

—Pedro Antonio Riesgo.

—No, digo que quién es usted —la voz era prácticamente un grito.

—Jaime Blasco, investigador. El me conoce; hablamos ayer. Era para hacerle unas preguntas...

—No está.

—Pero...

Y colgó el auricular con un golpe seco. Estaba dispuesto a volver a llamar, cuando salió un vecino del edificio y la circunstancia me vino al pelo. Aproveché la apertura de puerta y me colé hacia las escaleras. Cada peldaño se abarquillaba en su centro, como previniéndote para que pisaras moderadamente; las paredes presentaban desgarros en el rebozado de cemento y manchones terribles de humedad; la barandilla se agitaba como una caña al viento; en los rincones retozaban las arañas; la luz brillaba por su ausencia y el olor ambiente podía definirse como una deliciosa mezcla de brócoli cocido, madera podrida y meados a destiempo. Para mi fortuna, mi destino era el primer piso.

Llamé y el timbrazo resultó tan feo como la misma escalera. Luego, silencio absoluto. Volví a llamar y a los pocos insntantes supe que alguien me observaba desde el otro lado de la puerta, pegado a la mirilla.

—Vamos, abra —dije—. Lo único que quiero es hablar.

El silencio se mantenía.

—Puedo volver con la policía y entonces será peor.

Eso ablandó la conciencia del mirón; o la mirona. Aunque le costó lo suyo decidirse. Poco a poco, el cerrojo se descorrió y por se gunda vez en aquel mismo día, unos ojos temerosos me observaron desde el resquicio de un dintel. Y también por segunda vez, utilicé el recurso de introducir mi tarjeta. Hasta que, por fin, las puertas del castillo cedieron.

—Pedro no me habló de usted...

Estaba más cerca de los cuarenta que de la década anterior. Era delgada pero sus caderas hubiesen podido ganar un premio a la visión panorámica. Greñuda y malcarada, su mejor amigo no fue nunca el jabón, a juzgar por unos hilillos sospechosamente oscuros que delimitaban las arrugas de su cuello. Llevaba los labios despintados, las uñas sucias, un jersey de hombre sobre una camisa igualmente de hombre y unos zapatos planos con hebillas. En sólo un par de años más y si seguía abandonándose como ahora, podría pasar a ser la Cruella de Vil del barrio sin ningún problema.

—Coincidimos ayer en Alcor —dije—. ¿Está él?

—Ya le he dicho que no —mantenía la puerta entornada.

—¿Sabe dónde podría localizarle?

—No.

—Pero habrá salido a trabajar, supongo.

—No lo sé. No me lo ha dicho.

—Oiga, perdone, ustedes están casados o viven juntos... No es muy lógico que él se vaya y...

—Yo no le sigo los talones. El va a lo suyo y buen trabajo tiene para buscarse la vida —apretaba los labios, como para no mostrar la evidencia de una dentadura maltratada— ¿Qué es eso de la policía que dijo usted antes?

—Puede ser nada y puede ser mucho. Pero para saberlo, necesito hablar con él.

—¿Ya están otra vez con esa mierda?

El exabrupto me sorprendió. Todo su cuerpo vibraba por el furor.

—¿A qué se refiere?

—¿Es qué no van a dejarle nunca tranquilo? ¡Por un perro que maté...!

—Le aseguro que no sé... ¿Riesgo tuvo problemas anteriormente con...?

—¡Cómo si no lo supiera! —calló, entendiendo tal vez que había largado en demasía—. Bueno, se acabó.

Hizo el ademán de cerrar, pero mi pie fue más rápido. Mi pie y mi hombro derecho, interponiéndose frente al vano.

—¡Salga de aquí! —retrocedió, ahora convertida ya en un puro flan.

—No, hasta saber dónde está Riesgo.

—Pues llamaré al cero noventa y uno —se escurrió hacia el interior.

La seguí; había un dormitorio con la puerta abierta y la cama deshecha, un comedor destartalado y una cocina. El papel de las paredes se caía a tiras y la catipén a cueva de oso era de las que hacen crear afición. No vi a Riesgo por ninguna parte. Aparté el auricular de las manos de la mujer, cuando ésta ya deslizaba el dedo índice sobre el dial.

—Está bien, me voy —dije—. Pero a su marido le convendría verme cuanto antes —le dejé una segunda tarjeta a su alcance—. ¡No sabe usted hasta qué punto le conviene!

Se quedó junto al teléfono, resollando fuertemente. Antes de salir, se me ocurrió preguntarle:

—¿Sabe usted si él tiene algún dinero ahorrado?

—¡Faltaría más! —empezó a reír—. ¿No ve usted que nadamos en la abundancia?

Su risa fue sumando decibelios y me persiguió como un eco macabro a medida que bajaba por las precarias escaleras.

DIECIOCHO

Jacobo Prats era un amigo.

Nos conocimos hace años, en una investigación que realicé para dar con el paradero de una joven desaparecida que residía en Sabadell*, y que se vio mezclada con algunas productoras cinematográficas barcelonesas.

---

* El autor se refiere a «Quimera sangrienta», segundo título de la serie Jaime Blasco.

Jacobo Prats era una de las personas que más admiro en este mundo. Pudiendo haber seguido como uno de los directivos de la más importante multinacional de la industria del chocolate, en los años sesenta decidió cortar con aquel futuro esplendoroso y pasar de ser un brillante ejecutivo agresivo a incorporarse a la más regocijante aventura de nuestro siglo. Me refiero al cine, por supuesto.

La locura particular de Prats le llevó a dirigir siete películas, a producir otras tantas, a dedicarse al rodaje de spots publicitarios, a probar fortuna en el campo de la televisión y a escribir varios libros sobre técnica cinematográfica. Todo a la vez. Durante ese proceso —y hasta el día de hoy—, Prats se había arruinado un montón de veces, renaciendo siempre del apuro cual moderna ave fénix. Moraleja para los más jóvenes: no todo es fausto y oropel en el horizonte de la fama.

A pesar de todo, cuando uno estrechaba la mano de Prats, sentía como un poso palpable de vitalidad, plenitud, independencia y sabiduría. Un poso que te hablaba de que, en esta vida, debes hacer siempre lo que se te antoje, aunque sea yendo a contracorriente. Y luego, arruinado o no, esgrimir como bandera aquello tan celtibérico del: «¡Qué me quiten lo bailao!».

Ahora mismo, yo necesitaba una información que sólo alguien como Prats podía darme.

Llegué a Videocomunicación, los estudios de la calle Muntaner, y probé fortuna preguntando si estaba el señor Prats en ese momento. La recepcionista no era punk ni antipática; su flequillo rubio se agitaba al hablar y tenía unos ojos ambarinos en los que no debía ser difícil hundirse placenteramente hasta el fin de tus días.

—En el plató dos —dijo, sonriendo—. Pero pulse el botón de llamada antes de entrar.

—¿No me hce falta ninguna credencial?

—No —hizo un gesto simpático con la nariz—. El señor Prats le conoce a usted, ¿no es así?

—Somos amigos.

—Pues entonces... —movió el boli que tenía entre los dedos, señalando la puerta.

Le di las gracias y me sentí reconfortado. A veces te olvidas de que por el mundo corren personas que son auténticas personas. Busqué el plató indicado; estaba en el primer piso. Un gran letrero señalaba su entrada, una puerta que daba la impresión de estar blindada. Distinguí un botón rojo junto al muro adyacente. Un rotulito decía: Llame. Lo hice. Aguardé y un minuto más tarde sonó un zumbido sordo que parecía liberar el mecanismo de cierre del portalón. Entré.

El plató no era muy grande y hacía un calor insoportable. Al fondo, bajo el haz de luz de los focos en pleno funcionamiento, una joven vestida de shorts y blusita transparente lucía sus macizos muslos y un busto de mediano tamaño pero altaneras tendencias, junto a una rutilante moticicleta que destellaba por efecto de la iluminación artificial. Prats estaba a su lado, dándole instrucciones. El resto del equipo lo componían media docena de personas: electricistas, maquilladora, el cámara... y un señor con bigote y traje completo que observaba todos los movimientos con atención. Supuse que sería el patrocinador del producto.

Se me acercó un muchacho con el mismo mentón que el oso Yogui. Sostenía unos papeles en las manos.

—¿Dígame...?

—Busco al señor Prats. El me conoce. Soy Jaime Blasco.

—Tendrá que esperar un momento. Vamos a rodar. Será cosa de un par de minutos.

Había bajado la voz paulatinamente, a partir de que alguien pidió silencio con cierta urgencia.

—No se preocupe —susurré—. Me quedo aquí, sin estorbar.

Prats ultimaba sus recomendaciones a la joven. Un operario movió la placa reflectora a la derecha un par de milímetros. La joven tenía una especie de spray en la mano. Prats se apartó, saliendo de cuadro. Se oyó su voz dando las postreras consignas:

—¡Silencio todos! ¡Vamos a rodar! ¡Esta es la buena!

La joven distendió sus húmedos y rojizos labios hasta el punto que determinaba su contrato; arqueó la cadera izquierda y situó el spray a la altura de su pecho, con el dedo índice dispuesto a pulsarlo. Me fijé en la motocicleta: una de sus ruedas estaba pinchada. Prats rugió:

—Suerte y... ¡acción!

La sonrisa quedó pegada a la boca de la actriz como si se hubiese vuelto de plexiglás. Miró a la cámara y dijo:

—¿Un pinchazo imprevisto...? A mí, ya no me importa... ¡desde que descubrí «Fish-Three!»!

Se agachó graciosamente y las costuras del short se pusieron a prueba. Sin dejar de sonreír, aproximó el spray hacia la rueda reventada y pulsó el aplicador, añadiendo:

—«Fish-Three»... el remedio milag...

El resto de la frase sonó inteligible, sumida en un gorgoteo pastoso. Y es que la joven había pulsado el spray con el disparador conectado a su rostro. En pocos segundos, su cabeza quedó convertida en un apreciable sucedáneo de pastel de nata.

Los murmullos de desespero que brotaron de las gargantas de la concurrencia me dieron a entender que el spot no era humorístico y que, por tanto, la toma salió pifiada. Prats mandó encender las luces; se mesaba el corto y canoso pelo situado sobre su cabeza ovoidal. Acudió junto a la starlette, que lloraba quedamente bajo el envoltorio cremoso. Dos operarios llegaban a la carrera con sendas toallas.

—¡Vamos, rápido! ¡Quitádselo todo, antes de que cuaje! —dijo mi amigo.

Salió de la luz de los focos y entonces me vio. Su contrariedad se trocó en alegría. Tendió una mano en mi dirección.

—¡Por todos los...! ¡Blasco!

Encajamos. Estaba más delgado y se había dejado bigotito. Me palmeó la espalda desde su metro noventa y pico. Su expresión de ogro bueno seguí fija en él.

—¡Menudo chasco! —señalé el plató.

—Es la tercera toma que marramos —dijo—. Se trata de un producto nuevo, una especie de gelatina que endurece a los pocos minutos; se inocula en el agujero del pinchazo y el interior de la llanta queda lleno del potingue, con lo que, de momento, te libras del apuro —se rascó el bigote—. Pero es que la niña es de la especie de las *bledas*. En la primera toma, embadurnó la moto; en la segunda, tuvimos que apartarnos porque llovió sobre todo el equipo; y ahora... ¡tú mismo lo has visto!

—La magia del cine, como se suele decir.

—¡Sí! —rió—. Pero dime, ¿qué te trae por aquí?

Salimos del estudio y nos sentamos en una salita de espera cercana. Le conté que me hallaba en un buen lío, sin entrar en detalle. Pero resultó que él había leído ya lo de los crímenes con toques keatonianos en el periódico y enseguida conectó mi historia con el caso.

—Oye, ¿pero qué hay de verdad en este asunto? —preguntó—. ¡Te juro que me tiene intrigado! Ayer, en el Telenoticias, dijeron como cabecera que Keaton había resucitado, o algo así...

—Un poco exagerados sí que son. Pero algo hay de cierto. Las muertes y la forma de anunciarlas es algo muy real. Lamentablemente, no sabemos nada más. Pero vamos de cráneo, eso sí. Cuando la cosa se aclare, te prometo venir a contártelo.

—¡Y tú tenías que estar enmedio, claro! Anda, suéltalo: ¿en qué puedo ayudarte?

—Se trata de un colega tuyo de profesión. Director de fotografía, cámara... ya sabes. Pedro Antonio Riesgo.

—Ajá.

—¿Le conoces?

—De referencias. Estuve a punto de tenerle en mi equipo, con el asunto aquel de la serie para televisión.

—¿Y por qué no cuajó el acuerdo?

—Porque estaba Civit de por medio. Y teniendo a Civit disponible, no hay Riesgo que valga. Civit es el number one.

—Pues Riesgo va diciendo por ahí que es el mejor...

—Es bueno, no te lo voy a negar; pero le pierde su descontrol en lo tocante a vida privada.

—¿Descontrol?

—Parece ser que se pincha. Dicen que va camino de ser irrecuperable. Y claro, esas aficiones son caras. Por más dinero que ganes, nunca tienes bastante.

—¿Eso está probado? Lo de su adicción, quiero decir.

—Yo nunca le he visto con la jeringuilla en ristre, las cosas como son. Pero tengo referencias muy concretas de compañeros que han trabajado con él. Salgot, por ejemplo, me contó que una vez, en pleno rodaje, le dio el mono y dejó a todo el mundo plantado, en pleno ataque de histeria.

—Sí, la información concuerda con su nivel de vida. Estuve en su piso y aquello es tercermundista.

—Oye... ¿es qué Riesgo está relacionado con lo de las muertes?

—Tampoco lo sé. Pero tengo que averiguarlo y el fulano se ha esfumado.

—Pues lo siento, pero ahí sí que no puedo echarte una mano. No tengo ni idea de por dónde se mueve actualmente.

De cualquier forma, saber que Riesgo le daba al caballo, como también le daba María Dvocek, ya era una referencia a tener de cuenta.

—¿Qué sabes del rodaje de «Si es amor lo que siento...», de Sisqués.

Me miró, extrañado.

—¿Hay algo que saber...?

—Digo yo, si te han llegado noticias de algo... Murió María Dvocek en el estudio como tú recordarás...

—Sí, pero eso no tiene ningún misterio. La señorita se flipaba hasta las cejas y... por cierto —meditó—, ahí trabajaba Riesgo como director de fotografía.

—No empieces a atar cabos, que lo último que me faltaría en estos momentos es competencia desleal —sonreí, sacando tabaco—. ¿Sigues sin fumar?

—Y sin beber. Me dijo el médico que me quedaba un setenta por ciento de hígado disponible, pero que como no lo cuidase, me iba a hacer puñetas.

—Eso te hará tomar la vida con más calma.

—Sí, figúrate... Sobre todo teniendo a peligros públicos con sprays en ristre como ésa del plató.

—¿Conoces a Sisqués? —encendí.

—De vista. Tú tienes razón: con lo del hígado, tengo que cuidarme mucho. Y una forma de cuidarme se basa en no frecuentar a determinada «élite» de la profesión.

—¿No te cae bien?

—Ni bien ni mal; más que nada, es que es demasiado pichafría para mi gusto. Se lo ha encontrado todo hecho y tiene una tarjeta Visa Oro para sobrevivir. Así cualquiera. Yo también haría las partidas fílmicas que se monta el tronco con ese respaldo.

—Por tanto, nada de raro en ese rodaje...

—No, que yo sepa. Vi unas secuencias de la película cuando la entrega de premios de la Generalitat. ¡Qué bazofia, hermano! ¡Y encima tienen el rostro de darle el premio al mejor guión!

—Hablemos de otra cosa: Rosa Trecet.

La expresión de su rostro se agravó.

—Eso ya son palabras mayores. Rosa y yo teníamos una gran amistad. No debería decírtelo, pero más de una vez me perdonó alguna factura de montaje, porque yo no disponía de fondos. Sentí mucho lo de su muerte...

—¿La habías visto, antes del último ataque?

—No; llevábamos más de dos años sin coincidir, casi desde que dejé los asuntos de producción.

—Entonces nada. Me interesaban referencias actuales.

Supuse que la noticia de la muerte de Millán aún no había sido hecha pública. No quise insistir sobre este punto, para no despertar aún más su curiosidad. Además, en ese instante asomó su cabeza uno de los operarios del plató y le dijo a Prats:

—La chica está lista.

—Bueno —mi amigo se levantó—, se impone la cuarta parte del drama. Blasco, siento tener que dejarte tan bruscamente, pero tengo al delegado del fabricante del dichoso spray tirándome de los faldones y contra eso no se puede hacer nada.

—Tranquilo. Otro día vengo con más calma y nos contamos la vida respectiva. Gracias por todo.

Estrechó mi mano.

—De nada. De verás que ha sido por nada.

* * *

No sabía lo que me deparaba todavía la jornada y cuando estás en esa tesitura, lo mejor es cubrirte las espaldas. En mi caso, espaldas equivalen a estómago y el cubrimiento viene dado por aportes alimenticios que sólo puede otorgar un almuerzo antes de hora. Ese tipo de aportes tienen un adalid indiscutible: Fermín, el gallego de oro de Universidad.

Le pedí algo rápido y suculento. Me enseñó la palma de su mano derecha, en señal de calma. Esperé. Diez minutos más tarde, apenas apurada la Voll Damm que me sirvió para hacer boca, tuve frente a mi unos huevos con jamón, unas salchichas con frijoles picantes y un pedacito de chistorra frita. Si hay cielo, Fermín tiene asegurada una parcela con renta vitalicia incluida.

Moví las mandíbulas en dirección al conducto habitual, pedí una nueva cerveza para facilitar el deslizamiento y cuando levanté un dedo

—creo que fue el anular de la mano derecha— en dirección al gallego, supo que me refería a un carajillo de Magno.

Dejé diez duros en el platillo de la propina.

Y de nuevo en mi despacho, recogí el correo —un impreso para aprender ruso en menos tiempo del que se tarda en deletrear Plaza Roja de Moscú, una oferta de máquinas de coser que hasta un niño podría utilizar y dos recibos del gas y la luz de La Caixa—; escuché atentamente el dramático silencio del contestador automático, huérfano de llamadas; constaté —no sin cierta zozobra que la botella de ciento tres del segundo cajón andaba por sus postrimerías y, visiblemente deprimido, decidí abandonar el barco en espera de tiempos mejores. Estaba prendiendo fuego a un «Sombra», cuando el timbrazo telefónico rasgó el aire. Lo cogí.

—¿Diga?

—¿Jaime Blasco?

La voz parecía gestada por alguien que estuviese mascando trapos dentro de un baúl: era lejana, pastosa y poco definida.

—Yo mismo —dije.

—Soy Riesgo.

—¡Hombre!, con usted quería hablar.

—Tengo que verle —apenas se oía— ¿Sabe dónde está el parque de Monterolas?

—Pues sí, pero...

—Allí le espero. Suba desde Balmes, por las escaleras. Y venga solo, ¿entendido?

—Oiga...

Ya me había colgado.

DIECINUEVE

El Parque de Monterolas es uno de esos extraños milagros urbanos, mediante el cual la naturaleza roba un espacio vital a ese gran monstruo de cemento llamado ciudad.

Encajonado entre las calles Balmes, Muntaner y General Mitre, en la zona alta de Barcelona, el parque tiene la superficie aproximada de dos manzanas de casas y se alza sobre la cabeza del peatón hasta alcanzar la categoría de colina, rodeada de árboles, parterres, matorrales de poca entidad y, por desgracia, los montones de basura que visitantes agamberrados distribuyen a su libre albedrío.

Hace unos años, cuando yo llegué a la ciudad, era toda una sorpresa descubrir esa franja ajardinada que sólo requería la molestia de ascender por las escaleras que se inician en Balmes. Entonces, algunos colegios escogían el Monterolas para dejar retozar al alumnado durante una tarde de recreo; de paso, el profe aprovechaba el tiempo haciendo investigar a sus pupilos sobre la naturaleza de tal o cual hoja o planta, sobre el terreno. Dicen también —yo nunca lo hice y no por falta de ganas—, que las parejitas buscaban los recodos discretos para darse la lengua con cierta impunidad. Eran tiempos difíciles, aquéllos.

Ahora, los alumnos prefieren formar dibujos geométricos frente al ordenador, los profes no están para mostrar hojas a nadie —si no se llega a un acuerdo sindical previo— y las parejitas pasan de la breve caminata con el objetivo final del lengüetazo, porque saben que pueden hacer lo mismo —o incluso más— en la misma parada del autobús. ¿Dónde estás, poesía...?

Alcé los ojos al pisar el primer escalón de acceso al parque y vi un conglomerado de nubes negri-azules en lo alto. La lluvia se mascaba de nuevo como un cromo Nestlé repetido. Sentía la vieja Llama enfundada en la pistolera, bajo mi axila izquierda, pero tal constatación no lograba distribuir tranquilidad a mi organismo; más bien molestias físicas.

Crucé la calle Atenas y las escaleras seguían impeliéndome a seguir subiendo. La vegetación ya estaba a la vista. Llegué a Valls y Taberner y ya sólo me quedaba un tramo para entrar en el recinto ajardinado. Las nubes se cerraban por momentos, llenando la tarde de sombras precoces.

Me quedé al pie de la última porción de escalinata. El parque se abría frente a mí, silencioso e incluso incitante. No vi a ningún ser humano transitando entre los matojos. La cosa tenía su lógica; es de locos subir a la colina cuando la tormenta está por caer. De locos, no de Blasco. Blasco es detective y debe mostrarse dispuesto a los mayores sacrificios en aras del final feliz que le ha pedido su cliente. Toma frase.

Saltó un gorrión cerca de mí y se quedó plantado sobre una rama, llamándome idiota con la mirada.

Tragué saliva y subí.

El terreno estaba parcialmente enfangado por las cercanas lluvias. Me pegué al margen del sendero, siempre avanzando hacia la cima del montecillo. De repente oí ruido y articulé la mano en dirección a la pistola; todos tranquilos: era un chaval enfundado en un chándal azul, que descendía a la carrera en busca de refugio. Trastabillé un poco, pisando una lata de coca vacía. Reanudé mi camino.

Cada matorral era un peligro en potencia; cada árbol, un enigma. Y cada vez había menos luz. Muy cerca de la zona más elevada, comprendí que había estado conteniendo el aliento y me sentí sofocado, a medias por esa razón y también por la pendiente que acababa de salvar.

Y bien, ya estábamos en el meollo del asunto. Más arriba, no podía subir. El silencio era angustioso. Las ramas de los árboles se balanceaban merced a la brisa y el olor a tierra mojada se te pegaba a las fosas nasales como un mal presagio. Me incorporé —había estado agazapado hasta entonces—. Vi las siluetas de los edificios al fondo y un retazo de cielo despejado, en dirección norte, sobre el que un relámpago dibujó su cenefa quebrada, procedente del bloque algodonado de las nubes.

Me hallaba en un pequeño claro, rodeado de papeles, cajetillas de tabaco vacías y mondaduras de naranja. Una papelera metálica, adosada al tronco de un grueso plátano, se ofrecía al público, vacía desde sus cimientos. Paradojas de la higiene ciudadana. Tomé el pañuelo del bolsillo y sequé la transpiración que me bañaba la frente.

En ese momento me dispararon.

El tiro sonó con una sequedad impresionante, despertando ecos en la ladera. Sentí una instantánea quemazón en el brazo izquierdo, pero para entonces ya estaba saltando hacia el matorral cercano. Caí sobre los restos de un bocata de chorizo y un botellín de Estrella; ni siquiera era mi marca.

Todos los pájaros de la zona se habían puesto de acuerdo para alzar el vuelo ante la estampida. Sus aleteos se alejaron en dirección al asfalto de la ciudad. Yo hubiese hecho lo mismo, de haber nacido con plumas. Tenía la pistola en la mano y no recordaba haberla sacado de la funda; seguía pegado al terreno, tratando de no perder el control sobre ningún sonido. El brazo me dolía; le eché un vistazo: la manga de la chaqueta estaba chamuscada. Habría sido sólo una rozadura porque, de lo contrario, no podría mover la extremidad como lo estaba haciendo.

Esperé.

Y luego esperé otro poco.

Inutilmente.

A los cinco minutos percibí el sonido angustioso de la sirena de un coche policial; venía desde mi derecha. Alguien habría dado el chivatazo respecto al disparo. Me moví en dirección contraria, hacia Muntaner. Resbalé un par de veces en el descenso y al enfilar las escaleras de Gualbes casi me doy el gran costalazo. Por fin, pisé Muntaner sin más problemas.

Pillé un taxi en el preciso momento en que rompía a llover. Dentro del vehículo y mientras bajábamos hacia el centro, comprobé que lo del brazo, como había imaginado, era cosa de nada.

* * *

Traté de protegerme bajo el reducido cobijo que me ofrecía el breve portal de la casa donde vivía Riesgo. Una vez más, el portero automático se alzaba como mi mayor enemigo. Felices aquellos días en que la gente podía dejar los portales abiertos, sin miedo a nada o a nadie. Hubiese dado dinero por ejercer en esa época.

Quería pillar in-fraganti a Riesgo o a quien estuviese en su piso a estas horas. Me sentía dispuesto a terminar con todo de una forma u otra. Pero para eso, lo primero era poder entrar.

El dios de los detectives se apiadó una vez más de mi. Llegó una mujer conduciendo a un par de críos que parecían ser sus hijos, sosteniendo ambos una cartera escolar. Le sonreí, mojado y supongo que con cara de persona desahuciada por la adversidad.

—Menos mal —dije—. Voy a ver al señor Riesgo y no sabía si subir, porque no contesta...

Los críos chapoteaban junto a la calzada, como remedando a Gene Kelly. La mujer abrió, le di las gracias y entré. Ellos se quedaron en el principal; yo iba un piso más arriba. Ya frente a la puerta de Riesgo, esperé a que hubiesen cerrado el piso inferior y llamé.

Vi luz bajo el resquicio del vano. Había alguien. Se dibujó una sombra contra esa luz, como señal de que ese alguien ojeaba por la mirilla.

—Abra —dije—. Soy Blasco.

—¡No! ¡Ya le dije antes que Pedro no está! —era la voz de la greñuda.

—Está usted jugando con fuego, señora...

—¡Váyase!

—Muy bien —simulé acatamiento—. Dentro de diez minutos estoy de vuelta, pero con un coche patrulla.

Hice el gesto de marchar y su reacción fue momentánea.

—¡Espere!

Descorrió el cerrojo y abrió. No anduve con rositas; empujé la puerta con violencia, entré, la aparté de un manotazo y me colé hacia las habitaciones interiores. Ella, tras el primer instante de sorpresa, me siguió.

—¿Cómo se atreve...?

Hice oídos sordos a sus quejas. Di un repaso rápido por el piso y comprendí que me decía la verdad: Riesgo brillaba por su ausencia. Me quedé frente a la mujer; había envejecido desde que la dejé, horas antes. Estábamos en el comedor.

—¿Se convence ahora? —tenía los brazos en jarras y un mechón acartonado se le desplomaba sobre la frente; ¿la eterna coquetería femenina? No, yo lo llamaría sublimación de la suciedad capilar.

—Siéntese —le señalé una silla—. Hemos de charlar.

—¡Oiga, si piensa usted que...! —me amenazó con un dedo.

La cogí por los brazos, depositándola sobre la silla; era como transportar un paquete de huesos. Supongo que puse mi buena ración de brusquedad en el movimiento, porque logré hacer brotar el miedo en sus ojos. Acerqué otra silla y me situé ante ella.

—¿Ve usted esto? —le mostré la chaqueta chamuscada—. Hace muy poco me acaban de disparar y, por suerte para mí, no han demostrado tener puntería. Yo estaba citado con su marido; él me llamó. Y cuando llego al lugar de la reunión, resulta que coincido con un balazo. ¿Va comprendiendo que están ustedes —él y usted— en problemas?

—Pero él... esto es imposible... —balbuceó—. Pedro no tiene ninguna pistola...

—Con dinero se compra cualquier cosa. Y hoy he sabido que su marido ha ganado bastante en los últimos años.

—¡Ya estamos otra vez! —resopló—. ¡Pero si no tenemos un duro! ¿Qué no lo ve usted mismo? —extendió un brazo.

Intenté tomármelo con calma. Saqué tabaco. Ella lanzó una mirada casi viciosa sobre la cajetilla. Le ofrecí uno y encendimos. Sostenía el pitillo con todos los dedos.

—Mire, señora —le dije—, está muriendo mucha gente en esta ciudad desde hace tres días y Pedro está en el centro del volcán. No sé hasta qué punto puede hallarse implicado, pero la policía no tardará mucho en organizar su caza y captura. Dice usted que él no pudo dispararme; muy bien, acepto esa posibilidad. Pero eso significa que alguien me habló en su nombre; y significa también que su marido está en peligro, que lo están utilizando...

—No es... no es mi marido.

—Da igual; el caso es que vive con usted. Y el caso es que usted, pensando que lo protege, tal vez le esté haciendo un daño irreparable. ¿Puede enteder esto?

Fumaba nerviosamente, dejando el alma en cada succión.

—Cada minuto que pasa es un minuto menos para él, antes de que le lancen los perros encima... ¿Dónde está Pedro, señora?

—¡Es que no lo sé! —se le quebró la voz—. ¡De veras que no lo sé!

—¿A qué hora salió hoy de casa? Algo le diría, cuando se fue...

—Él... él me dijo que trataría de arreglarlo todo.

—¿Arreglar qué?

—Esto, nuestra situación, toda esta miseria.

—Sin embargo, yo le vi ayer mismo trabajando. Poco o mucho, Pedro debe ingresar algún dinero en su cuenta.

Sonrió, con una amargura casi enfermiza.

—¡Ingresar! —dijo—. ¡Si al menos llegase a tiempo para ingresar algo! Lo malo es que la pasta se le queda por el camino —calló, mordiéndose los labios.

—Droga, ¿verdad?

Negaba con la cabeza, pero sin ninguna convicción.

—Sé de qué va la historia —le dije—. Y sé que la historia hace bastante que dura. Me he informado.

—Pero Pedro no es malo... Él...

—¿Le consta a usted que Pedro ha estado cobrando ciertas sumas durante este último año? ¡Por Dios, esto es importante, señora!

Dejó transcurrir unos segundos, hasta que asintió.

—Sí. Sé que ha tocado bastante dinero; pero yo... apenas he visto nada.

—¿Dinero procedente de su trabajo?

Se desmadejó ante mis ojos. Me pareció que llevaba demasiado tiempo apretando los dientes y consumiéndose poco a poco; y que, por fin, accedía a la conclusión de que ya no valía la pena seguir resistiendo.

—Desde el año pasado —dijo—. De repente, empezó a darme algún billete más de la cuenta. Él se lo quedaba casi todo, eso desde luego. Nunca tenía bastante; ya sabe usted cómo son estas cosas...

—¿No le dijo de dónde venía el dinero?

—¡Qué me va a decir! ¡Si ni siquiera nos hablamos!

—¿Y cuándo notó usted que la cosa se había terminado?

—Hace un par de semanas, más o menos. Desde entonces, esto ha sido un infierno —tiró la colilla al suelo y la aplastó con el pie—. Nervios, gritos... me ha pegado varias veces.

Mi lectura del relato era la siguiente: Riesgo empezó a nadar en la abundancia a raíz del rodaje de la película de Sisqués. Paralelamente, Rosa Trecet podía haber iniciado su recolecta particular en los forros del colchón. Hace un par o tres de semanas, moría la montadora. Y, al mismo tiempo, a Riesgo le daba el mono por falta de dinero para agenciarse con más combustible. De lo que no cabía ninguna duda era de que la peliculita de las narices parecía ser el núcleo central de conflictividad.

—Volvamos a esta mañana —dije—. ¿Cuáles fueron las palabras exactas que le dijo Pedro, al salir?

—No sé... algo así como que no aguantaba más y que se habían acabado las contemplaciones. Que conseguiría pasta suficiente, por las buenas o por las malas. Estaba muy excitado.

—¿Conoce usted a Eusebio Sisqués?

—No —sus ojos eran como dos pozos sin fondo—. ¿Quién es?

—Un director de cine. ¿Pedro nunca le hablaba de su trabajo? Él es muy conocido, dentro de la profesión...

—Y yo lo soy aquí, en el barrio, pero por otras razones. Nadie quiere fiarnos y prácticamente se apartan de mí, como si fuese una leprosa.

Me pregunté qué tipo de lazos obligacionales impelen a ciertas personas a seguir junto a otras, pase lo que pase. La mujer que tenía frente a mí era punto menos que un despojo de la naturaleza, pero sin embargo se empeñaba en atarse a otro despojo, que no sólo no le aportaba nada sustanciosos para sobrellevar la carga de la casa, sino que, además, llegaba incluso a pegarle. «Pedro no es malo» —me había dicho minutos antes—. ¿Es esto el amor? Pues conmigo que no cuenten.

Me levanté. La mujer seguía mis movimientos con la mirada.

—¿Dónde va? —su voz era un puro trémolo.

—A buscar a Pedro.

—Entonces... ¿es que sabe dónde está? —se incorporó; tenía los ojos llorosos.

—Como mínimo, tengo una idea.

—¿Y yo qué hago? —me siguió hasta la puerta.

—Esperar —no se me ocurrió ninguna respuesta mejor.

Salí a la escalera. Me volví hacia ella y la vi convertida en una silueta patética recortada al contraluz.

—¿Qué puedo hacer? —repitió sin mirarme, como si no hubiese oído mi anterior respuesta.

Me deslicé cobardemente hacia la planta baja. Eso suele suceder cuando se te acaban las palabras con que alimentar una esperanza sin futuro. En la calle seguían cayendo torrentes. Llegué a Ramblas convertido en un amasijo goteante. El taxista que se avino a detener su coche junto a mí me saludó con una mirada conminatoria por la humedad desprendida sobre su tapicería interior.

—Rambla de Cataluña y Mallorca —le dije.

Era la dirección de Sisqués.

VEINTE

Esta vez, el selecto director parecía mucho más sereno que durante nuestra primera entrevista, el día anterior. La expresión de su cara cuando me vio fue de las que delatan al culpable incluso a diez kilómetros a la redonda. Se quedó clavado junto a la puerta, ensanchó su no menos selecta boca formando un redondel y trató de sonreír bobaliconamente a continuación; eso último ya no le costó mucho trabajo.

—¡Señor... Blasco!

—Hola, me alegro de que me recuerde. ¿Puedo pasar?

—Cla-Claro, adelante.

Entré. La baraúnda de sonidos era indescriptible. Y es que las cuatro teles de la sala principal tenían el sonido conectado; dibujos animados, una obra de Guimerá en el segundo canal de TVE, Batman en la televisión catalana y el Séptimo de Caballería cargando contro Toro Sentado con Errol Flynn a la cabeza, en el canal del vídeo. Sisqués se adelantó para accionar un mando situado junto al dintel de entrada.

—Perdone —dijo.

Llevaba la misma camisa a rayas y los pantalones de pana que yo ya conocía; su pelo seguía tan lleno de brillantina como siempre. Apestaba a los mil aromas del hombre de nuestros días que sabe lo que quiere, también como siempre.

—Bien, usted dirá —se quedó plantado frente a mí, con las piernas algo separadas y las manos unidas a la altura del bajo vientre, colgando en estudiado abandono.

—Riesgo.

—¿Cómo? —hizo la pantomima de dirigir el oído derecho en mi dirección, como si no me hubiese entendido.

—Pedro Antonio Riesgo, ya sabe.

—¡Ah! ¿Sigue usted... con aquel asunto extraño?

—Sigo. Y yo no diría que sea extraño. Peligroso, sí que es. ¿Ha visto a Riesgo desde ayer?

—No —clavó su mirada en el suelo, rascándose el mentón, como si pensase—. De hecho, hasta que no nos avisen la semana próxima en Alcor, no volveremos a coincidir.

—Trabajan siempre juntos, según tengo entendido... ¿Por qué?

—Pues... porque me gusta su estilo. Sabe dar como nadie con esos tonos azulados y calientes que yo pido para mis películas.

—¿Y en los spots publicitarios, también busca usted tonos azulados y calientes?

—Depende. Si el cliente lo acepta... De cualquier manera, yo siempre dejo muy claro, antes de firmar contrato, que debe ser el productor el que se amolde a mi visión artística...

—Señor Sisqués, ¿por qué miente usted?

—¿Qué? —se le escurrió la nuez de Adán hacia la tráquea.

—Pregunto que por qué miente usted.

—No le comprendo.

—Miente, porque ha visto a Riesgo en las últimas horas.

—Yo...

—... Y diré más: hace un ratito me disparó usted en lo alto del Parque de Monterolas —le mostré la manga deteriorada.

—Oiga, no sé...

—... lugar donde me citó previamente, fingiendo la voz de Pedro Antonio Riesgo.

Estalló una sonrisa falsa bajo su nariz.

—Mire, si esto es una broma…

—Mire usted, Sisqués —señalé sus pies—. Mire sus preciosos mocasines de piel: están llenos de fango. Del fango del Parque de Monterolas. Como director tiende usted a ser un filfa; como intrigante, no pasa de aficionado.

—Yo… —se le había quedado la mirada prendida de los mocasines enfangados—. Le juro que no sé de qué me está hablando.

—¿Dónde está Riesgo?

—Repito que… —a lo tonto me lo bailo, caminaba pasito a pasito hacia el arcón repleto de libros.

—¡Quieto, pollo! —saqué la pipa y la dirigí a su plexo solar—. No se mueva de donde está.

—¿Se-se ha vuelto usted loco? —accionaba los músculos faciales en busca de la mueca justa: risa, temor, nerviosismo o ironía.

—¿Insiste en mantener la boca cerrada? —me interpuse entre él y el arcón.

—Pero, ¡qué quiere que le diga! —descargó los brazos contra su cuerpo en un gesto muy de la escuela de Strasberg.

—De acuerdo. Me hubiese gustado saber la historia de primera mano, pero tendré que conformarme; otros se ocuparán de sacársela como sea. ¡Andando a Jefatura! —moví la pistola, señalándole el camino.

Su cabeza bullía en busca de una salida; pero pronto se dio cuenta de que no le quedaba ninguna. Dio dos pasos hacia la puerta, pero se detuvo para hablarme. Había un acento sumiso y conciliador en su voz.

—Está bien, me ha descubierto… Pero conste que no es verdad todo eso que está pensando…

—¿Cómo sabe lo que yo pienso?

—Oiga, yo no le disparé; estuve hace un rato en… en La Rabassada, localizando exteriores para mi próxima película. Esa es la razón de mis zapatos sucios…

—¿Y por eso se escondía?

—¿Cómo? Yo no…

—Acaba de decir exactamente: «Me ha descubierto». ¿Qué tiene de malo localizar exteriores en La Rabassada?

—No me entiende usted…

—Lo suyo está muy claro —volví a mover la poderosa—. Camine; ya sabe usted por donde.

Me dirigió una mirada expectante y yo no supe descifrar el brillo singular de sus ojos. En realidad, no me miraba exactamente a mí. De repente, soltó una carcajada estentórea.

—¿Así que yo soy un aficionado, verdad? —habló entre risas.

Sentí frío en la espalda y sentí también el contacto de un objeto metálico redondeado en mi cogote.

—Tire la pistola —dijo una voz de mujer.

—Ni hablar —seguía apuntando a Sisqués.

El, riendo todavía, dijo:

—Hágale caso, Blasco. La diferencia entre ella y usted es que usted nunca dispararía sobre mí a bocajarro; y ella sí lo haría contra usted, se lo aseguro.

Oí el chasquido del amartillamiento de la pistola que seguía en mi cuello.

—Suéltela —repitió la voz.

Sisqués tenía razón: nunca le hubiese disparado en aquellas circunstancias. Ya me cuesta demasiado conciliar el sueño habitualmente, para encima tener que añadir nuevos motivos de insomnio. Además, aunque apretase el gatillo, la pistola que tenía tras de mí dispararía igualmente. Dejé caer el arma, en espera de tiempos mejores. Surgió un pie enfundado en medias negras junto a mis piernas; y ese pie conectó con la pistola, mandándola a Sisqués de una patada. El director la cogió.

—Así está mejor —dijo.

La figura que me amenazaba me lanzó luego contra un puñado de almohadones cercanos, por el método del empellón. Caí torpemente sobre ellos y entonces vi de quién se trataba.

—¡El gran detective! —dijo Charo, la mujer de Sisqués.

—Una buena sorpresa —respondí, tratando de adoptar una postura menos ridícula—. ¿Están ustedes juntos en esto, como un buen matrimonio?

Sisqués ya se dirigía hacia la mesa con botellas, sin perderme de vista.

—No es usted gracioso, Blasco —dijo, asiendo el frasco de gin—. Se las da de duro, pero resulta patético. Los de su especie ya no funcionan.

—Comprendo; ahora privan los finos estilistas como ustedes: Beefeather para desengrasar, brillantina en le pelo para relucir por la noche y disparos a traición parapetados tras un matojo reconfortante. Gracias, prefiero mi estilo.

—¡Hay que moverse! —intervino Charo.

Me fijé en ella. Sostenía la pistola entre sus dedos sarmentosos como si se tratase de un apéndice natural. Vestía un jersey de cuello ancho y vuelto hacia fuera, no demasiado apropiado para la temperatura que teníamos; unos pantalones ceñidos remarcaban con crueldad las aristas óseas de sus caderas; las medias negras surgían bajo la doblez del pantalón, muy elevada, cubriendo unas extremidades que concluían en unos zapatitos abiertos de medio tacón. A la altura de su pecho se le marcaban dos bultitos del calibre de sendas aceitunas. Tenía los mil ángulos de su cara en posición tensa, dispuestos a entrar en acción. Me miraba sin pestañear.

—¡La verdad es que nos ha venido al pelo, Blasco! —Sisqués deglutía con avidez—. No hubiésemos podido montarlo mejor, ni fijando un plan de antemano.

—Bueno, al menos me harán un resumen del cuento —me propuse ganar tiempo—. Llevo tantos días con el caso que me gustaría palmar sabiendo la verdad. Porque van a liquidarme, ¿no? Como hicieron con Riesgo, claro...

—¡No sabe nada! —escupió Charo—. ¡Se cree muy listo, pero no sabe nada!

—Déjalo —Sisqués apuraba el vaso—. ¡No vale la pena!

—No, espera —a ella le relucieron los ojos, como si empezase a divertirse—. Después de todo, el señor tiene razón... ¿Qué es lo que se ha imaginado, Blasco?

—Pues... por ejemplo, que ustedes tuvieron que ver con la muerte de la Dvocek; y que Riesgo estaba en el ajo de la historia. Por tanto, se propuso hacerles chanteje y... Lo que ya no acierto a explicar, es qué papel pintaba Rosa Trecet en la trama.

—¡Idiota! —Charo hizo derivar su cara hacia una fea mueca—. ¡Lo que yo pensaba...! ¡No tiene ni idea!

—Oye... —se acercaba Sisqués, con ademanes de urgencia.

—¡Calla! —ella parecía disfrutar—. Voy a contarle a este memo lo equivocado que está. Para que lo sepa, a María no la mató nadie; ella sola se las arregló para conseguirlo. Lo malo es que yo le facilitaba la droga; y Riesgo se dio cuenta. Una tarde nos filmó a las dos sin que le viésemos, mientras nos pinchábamos; bueno, la que se pinchaba era María; a mí no me ha hecho nunca falta llegar a tanto.

—Ya; se conforma con una esnifada o un canutillo de vez en cuando...

—Pierdes el tiempo —dijo Sisqués a su mujer.

—Luego pasó lo que pasó —ella no dio muestras de haberle oído—. Y Riesgo, ahora que las investigaciones por lo de María estaban en curso, se dispuso a sacar tajada. Sin embargo, él tampoco era trigo limpio; la policía le tenía fichado por mover *mierda* en varias ocasiones. Así que, ¿qué se le ocurrió a ese cabrón para obtener beneficios?: recurrir a la Trecet. Él sabía que la montadora estaba pasándolas canutas y que aceptaría llegar a un acuerdo. ¡Buena era la señora, para no agarrarse a un clavo ardiendo!

—Esa no es la imagen que tengo de ella —dije—. Todo el mundo dice que se trataba de una mujer íntegra, honesta, trabajadora...

—Esa es la versión oficial. Los que la conocíamos, estábamos al tanto del pie que calzaba. Además, por muy trabajador que uno sea, si ves que se te va al garete tu negocio, te avienes a lo que sea.

—Es decir, que Riesgo y Rosa formaron compañía.

—Sí, pero nosotros no sabíamos que trabajaban juntos. Eso lo hemos sabido... esta mañana. Resumiendo, nos exprimieron a modo, aunque la chantajista, a nuestros ojos, fuese solamente la Trecet. Desde luego, imaginábamos que Riesgo podía estar metido en el lío —alguién debió rodar la película—, pero no estábamos seguros. Por eso Eusebio le marcaba de cerca, llevándole siempre a sus rodajes, para ver si en un momento dado, él se descubría por sí solo.

—Oiga, ¿puedo levantarme? —lo hice con lentitud, sin que me lo prohibieran—. Cada vez que vengo a esta casa, me voy con agujetas en las piernas. Bien; por tanto, Rosa repartía beneficios con Riesgo... hasta que ustedes decidieron matarla.

—¡Es como una fijación lo de este tipo! —rió Sisqués, con los ojos ligeramente mohosos.

—Sigue sin dar una —dijo Charo—. No matamos a la Trecet, pero quedamos muy tranquilos al saber que se nos quitaba una rémora de enmedio. Ahora sólo nos tocaba esperar. El otro, el socio —que cada vez estábamos más convencidos de que se trataba de Riesgo— no podía tardar mucho en dar señales de vida. Y lo ha hecho esta mañana.

—Les pedía más pasta, claro.

—Nos pedía la luna... o hacía estallar la noticia por todos los medios de comunicación. ¡El muy imbécil, llevaba la película consigo!

—No lo creo tan tonto. Estaba desesperado, pero no hasta ese punto. Seguro que era una copia...

—Sé distinguir perfectamente una copia del original —dijo Sisqués, con cierto orgullo—. Además, la copia la rescatamos nosotros del estudio de la Trecet, hace unos días. Fuimos allí con la excusa de localizar colas de montaje de «Si es amor lo que siento...». Sólo estaba ese Millán y pudimos encontrar lo que buscábamos sin problemas.

—Y hablando de Millán... de Miguel Jové, del padre de Domínguez... ¿dónde entran estos elementos en la historia?

Apareció un rictus de sopresa en sus caras, demasiado genuino como para ser fingido y, además, al unísono.

—¿Qué se está enrollando? —dijo él.

—Me refiero a ese bonito juego de identificarse como Keaton y cargarse al personal poco después.

Ella mostró impaciencia por primera vez desde que se dignó contarme los sucesos.

—Vámonos —dijo, esgrimiendo la pistola que, por cierto, seguía con el seguro liberado.

—¿Qué han hecho con Riesgo? —me preparé para un salto mortal, o algo parecido.

—No se preocupe. Ahora lo verá —sonrió Sisqués.

El muy burro se había colocado mi pistola atravesada entre el cinturón se los pantalones, al estilo Jesse James. Charo era la más peligrosa; yo, al menos, lo entendía así. Vi que Sisqués se colocaba una chaqueta de paño y luego tomaba el chaquetón de su mujer.

—Listo —dijo.

Charo movió la pistola, señalando la puerta.

—Fuera —ordenó—. Saldremos a la calle y no moverá ni una pestaña, o le clavo un balazo esté donde esté.

—¿Seguro? ¿En plena Rambla de Cataluña y a las siete y media de la tarde?

Deslizó su mano libre hacia el bolsillo del pantalón y sonrió abiertamente por primera vez al extraer un silenciador del encierro. Lo atornilló poco a poco al extremo de la pistola. Sisqués se llevaba una mano a la suya mientras duró la operación, por si acaso.

—¿Satisfecho? —preguntó ella—. ¡Vamos!

Sisqués se situó a mi derecha, cogiéndome por el brazo; escondía la pipa bajo la chaqueta. Charo cerraba la comitiva, apuntándome contra la rabadilla. Salimos a la escalera, cerraron la puerta y antes de bajar, Sisqués me susurró:

—Recuerde: ninguna broma.

Descendimos. Yo sabía que actuar ahora hubiese sido poco menos que suicida. Llegamos al portal. La pistola de Charo se me clavó en la espalda. Los tres estábamos tan juntitos que parecíamos un grupo escultórico del prerrománico.

Era de noche, pero Rambla de Cataluña bullía de personal. Mucha gente y yo sin poder decir esta boca es mía. Avanzamos hacia una furgoneta Ebro reluciente, aparcada casi frente al portal. Ya no llovía, pero hay veces en que la situación meteorológica te resbala, como era mi caso en estos instantes. Sisqués abrió la portezuela trasera del vehículo y Charo me empujó hacia allí.

—¿No querías ver a Riesgo? —preguntó, burlona.

Había un bulto informe en el interior. Apenas pude ver de quién o de qué se trataba, porque la cabeza no tardó en estallarme, al recibir una soberana trompada en el occipital. A dormir.

VEINTIUNO

Keaton y yo, sentados frente a frente, dentro de una cabaña fabricada con troncos de madera y con una vieja y destartalada mesa entre los dos, conversábamos sobre la vida y la muerte. Él vestía de cow-boy y yo de investigador.

—¿Es posible —dijo Keaton—, que aún no os hayáis dado cuenta de que el causante de tantas muertes rituales soy yo? Estaba más que harto de la forma en que me habíais tratado cuando viví junto a vosotros, de que se me compare una y otra vez con ese pocasustancia de Charlot, de que estudiéis mis películas como si fuese un bicho raro y de mil cosas más.

—Perdón —le respondí—. Cuando hable conmigo, haga el favor de sonreír.

El siguió tan circunspecto como siempre. Dejó transcurrir diecisiete minutos en esa postura y, al fin, quiso saber:

—¿Acaso hemos sido presentados, joven?

Yo negué con la cabeza, impresionado por su flema. Pero Keaton no me dio tregua y —maravilla de maravillas—, extrajo rápidamente un pan de molde de cinco kilos del interior de su chaleco. En uno de los extremos del pan, asomaba una lima.

—Tenga —dijo—, tendiéndomelo—. Para su pobre padre preso.

En ese instante se desvaneció aquella visión y comprendí que la cabeza me dolía horrores. Mejor dicho, comprendía que hacía mucho rato que la cabeza me dolía horrores. Y llegado a esa precisión, no me fue difícil recordar mis anteriores pasos, antes de que me desvaneciera. La conversación con Sisqués y señora, el descenso hacia la furgoneta y el porrazo final.

Por tanto y por lógica, ahora mismo debía de encontrarme tendido en la furgoneta.

Sí, el vaivén del piso que me sostenía era significativo. Traté de mover las pestañas para echar un vistazo, pero éstas se negaron. Además, un extraño sexto sentido me advirtió sobre la inconveniencia de tal acción y, por contra, de las ventajas que podía reportarme el seguir quietecito.

Mi extraño sexto sentido estaba en lo cierto.

Alguien hablaba en un plano más elevado al mío. La voz fue quedándose estática en mi cerebro doliente, pero seguía pareciendo llegar del centro de una caja de resonancias.

—Hubiésemos tenido que atarle —dijo la voz; era de mujer; era la voz de Charo.

—Bastante suerte tuvimos con que nadie nos viese al meterlo dentro —otra voz; masculina; la voz de Sisqués—. Además, no te preocupes; con el golpe que le diste, ése no se mueve hasta que lleguemos. Y para entonces, ya no importará un golpe de más o de menos.

—No sé, no estoy tranquila.

—Toma la linterna y vigílale. Si despierta, le disparas. Total, tampoco durará demasiado.

La cabeza me dolió un poco más. Y cuando un potente haz de luz centró sus límites sobre mi cuerpo, procuré contener la respiración. La luz procedía de mi derecha, en la parte alta. Deduje que Sisqués conducía la furgoneta y que Charo estaba junto a él, comprobando la mercancía.

Se apartó la luz y respiré con alivio. Moví las pestañas a pesar de todo y por el resquicio visual que me permití abrir, pude ver la figura semicontorsionada de Riesgo, a pocos centímetros de mí. Incluso con la oscuridad reinante, me era posible detectar el manchón oscuro que cubría su cabeza y su total inmovilidad. Se lo habían cargado, eso estaba claro. Sisqués habló de nuevo.

—¿Qué...? ¿Todo bien?

—Sí, parece que sí.

—Ya casi estamos.

Pausa. Alguien encendió un cigarillo. A mi también me apetecía, pero no se me ocurrió pedirles uno.

—Tengo miedo —dijo Charo.

—¡Pues te aguantas! —él hizo restallar su voz—. Y recuerda que toda esta mierda de follón la provocaste tú.

—Relativamente, ¿no? —ella trataba de defenderse—. Tú sabías muy bien que la checa no funcionaba si no era con el caballo. Y alguien tenía que surtirla.

—Haber tenido más cuidado. ¡Dejarse filmar de esa forma...!

—Fue un accidente. ¿Cómo iba yo a pensar que ese bicho nos espiaba?

—Bueno, después de todo no saldremos tan mal parados.

—Debiste haber matado a Blasco en Monterolas.

—No, pero si así es mejor... ¿No te das cuenta? Les dejamos juntos con la pistola covenientemente cerca de cada uno y, para cuando les descubran, ya estarán hechos una piltrafa. El detective acude a una cita mortal con el delincuente y ambos mueren en la refriega. De esta forma, tú y yo quedamos al margen, nos libramos de chantajes y...

—Sí, pero, ¿cómo puedes estar seguro de que ese hombre no ha contado lo que pasa a otras personas...?

—¡Oh, cierra la boca! ¡Me crispas los nervios!

Charo hizo lo que se le ordenaba. Poco después enfocó de nuevo la luz de la linterna sobre mí: reposo absoluto. La conversación me había parecido interesante; ofrecía nuevas perspectivas a mis deseos de salir del apuro. Era sólo cuestión de aguardar un poco más y...

—Ahí está —dijo Sisqués—. Es ese portalón de la derecha.

El vehículo se detuvo, dio un rodeo y me pareció que cruzaba la calzada. No percibí ningún sonido de tráfico a nuestro alrededor. Las ruedas salvaron un bache en forma de escalón y sentí que nos adentrábamos en algún lugar cerrado. La presencia de un techo y unas paredes era evidente. La furgoneta efectuó varios quiebros, rozó un muro y ascendió por una leve rampa, hasta quedar detenida. Tensé los músculos.

—Baja con la linterna y abre la puerta de atrás —dijo Sisqués, adoptando unas dotes de mando que yo nunca le hubiese imaginado—. Dejaré los faros encendidos. Ahora me reúno contigo. —Charo descendió, rodeando la furgoneta. Oí sus pasos junto al blindaje del vehículo, a mi espalda. Luego, la portezuela trasera gimió al ser abierta. El haz de luz se cebó, por tercera vez, sobre mi cuerpo. Sisqués no tardó en llegar desde su lado de la Ebro.

—¡Abrela del todo! —exigió.

—¡No me grites! —replicó Charo.

El caso es que ambos llegaron a un acuerdo. Y cuando hubieron abierto completamente la zona trasera del vehículo, Sisqués volvió a tomar las riendas del asunto.

—Primero Blasco —dijo.

Era todo un detalle, pero no se lo dije.

—¡Ayúdame a tirar de él! —ordenó a su compañera.

Sentí las manos de uno de los dos tirando de mis tobillos, obligándome a resbalar sobre el rugoso piso metálico de la furgoneta. Me dejé llevar como un peso muerto, sin apenas respirar. Supuse que había de ser ahora o nunca. Cuando intuí que ya tenía la suficiente porción de cuerpo fuera del vehículo, forcé un rebrinco inesperado y me lancé de cabeza contra el estómago de Charo, por parecerme que sería la más asequible del dúo dinámico.

Esta primera parte de mi plan dio resultado. Debió ser el factor sorpresa, como suelen llamarlo. Charo, que sostenía la linterna, rodó por el suelo a instancias de mi golpe. La linterna también se fue al carajo. Sisqués soltó una imprecación y yo me apresuré a unirme como una lapa sobre la fémina en su viaje contra el pavimento, como si me fuese la vida en el empeño. Que me iba, por supuesto.

La luz de la linterna quedó amortiguada contra el polvoriento suelo. Y la única fuente de luz del lugar procedía de los faros del vehículo y nos llegaba demasiado débil como para distinguir algo más que sombras movedizas entre nosotros. De cualquier forma, una de esas sombras, Sisqués, disponía de mi pistola. Y a buen seguro que la utilizaría de un momento a otro. Bajo mi cuerpo, Charo se debatía con inusitado vigor. Probó a golpearme los testículos con una de sus rodillas, sin alcanzármelos de pleno. Pero aún sin lograr su objetivo, me hizo ver toda una constelación de estrellas. Luego trató de hundirme la córnea de mis ojos con sus uñas y me mordió en el antebrazo, por este mismo orden.

Sisqués, situado en algún punto inconcreto de la oscuridad, gritó al vacío:

—¡Apártate de él! ¡Voy a disparar!

Charo gritó. En ese justo momento, sentí la dureza del arma que guardaba en su chaquetón. Pero ya era tarde. Sisqués había cogido la linterna del suelo y nos dirigía su luz.

—¡Adiós, Blasco! —gritó, apuntándome a la cabeza.

Mi mano se cebaba sobre la culata de la pistola con silenciador de Charo. Daba igual. Nunca hubiese podido ganarle por velocidad. Y sería ya un hombre muerto, de no haberse producido uno de esos imprevistos que rozan la categoría de milagros, con los que a veces alguna especie de providencia extraña nos regala.

Sisqués se hallaba de espaldas a la furgoneta. Y fue desde allí mismo, del interior del vehículo, de donde surgió aquel sonido bronco e incalificable. Sisqués movió como impulsado por un muelle, conectando el haz luminoso en dirección del sonido. Pedro Antonio Riesgo se elevaba dificultosamente sobre el borde del piso metálico, tendiendo sus brazos en dirección al cuello del director. Su cabeza era una masa ensangrentada punto menos que irreconocible y la luz de la linterna, situada en un plano inferior, confería un aspecto truculento a sus rasgos desencajados. Charo volvió a gritar, pero ahora su voz tenía matices de alarido; Sisqués movió la pistola en busca del cuerpo del supuesto muerto, cuando éste ya se le venía encima. Sonó un disparo, amortiguado por el tope muscular del desafortunado cámara. Riesgo y Sisqués rodaron por el suelo.

Extraje la pistola del chaquetón de la mujer y fui hacia la pareja. Tomé la linterna, que Sisqués había soltado al recibir el encontronazo con Riesgo; les enfoqué. Me pareció que Riesgo estaba definitivamente muerto, pero a pesar de todo sus manos asían el cuello de Sisqués. Este, luchaba por deshacerse del contacto viscoso de su excolaborador, gorgotenado gritos aterrados. Cuando me vio, su reacción fue coger la pistola que seguía a su alcance. No me dio tiempo a saltar, para apartarla de una patada, y tuve que dispararle en el brazo. Se contorsionó por el dolor.

Me volví para recibir a la siguiente amenaza del programa: Charo arremetía contra mí como una auténtica furia del averno, con las uñas a punto y dispuesta a hacer saltar mis globos oculares. Me aparté, adosándome a la carrocería de la furgoneta, pero ella fue más lista. Levantó la pierna izquierda y me obsequió con un patadón en la espinilla. Vi de nuevo las estrellas. Me agaché por el mismo acto reflejo de protección y ella utilizó ese descuido para clavar el canto de su mano extendida contra la parte trasera de mi cuello. Fue como si me diesen con un ladrillo. No sabía que las clases de aerobic dieran para tanto.

Trastabillé, aparté la pistola que Sisqués, de nuevo, se empeñaba en coger, y esperé a que Charo saltase sobre mí para rematarme. No hubiese necesitado mucho: me dolía todo y la visión se me nublaba por momentos. Llegó la mujer con una pierna extendida y gritando como loca; no sé cómo conseguí tensar el brazo derecho y conectar el puño en su cara, pero eso fue lo que pasó. Sonó un crujido bastante descriptivo y la karateka de salón cayó a plomo.

Me senté para recobrar el aliento. Sisqués gemía; no había podido salir de la presa que Riesgo ejerció sobre él, antes de morir. Cuando volví a regir mínimamente y los objetos tenían de nuevo un sentido para mí, me incorporé con todas las dificultades del mundo, cogí mi pistola, me la guardé, hice lo mismo con la otra y caminé hacia el cuerpo inmóvil de Charo. Le quité las medias y con ellas y los cinturones de Sisqués y Riesgo, até los brazos y piernas de la parejita. El resto, consistió en trasladar los cuerpos inanimados al interior de la furgoneta; Sisqués se acomodó prácticamente solo.

A pesar de tan valiosa ayuda, con la operación se fueron mis ya de por sí escasas reservas de energía. Di la vuelta al vehículo y subí a la cabina, dispuesto a arrancar. La voz apenas audible de Sisqués me llegó desde la parte trasera:

—¿A dónde... piensa llevarnos? —preguntó.

—¿A usted qué le parece?

—Podríamos... podríamos llegar a un acuerdo.

—Usted no tiene cura. Acaba de salir de las garras de un par de chantajistas y quiere someterse a otro.

Moví el vehículo, bajé por la rampa y salí al exterior. Reconocí el lugar: era una vieja nave industrial, lista para su derribo; y estábamos en la calle Avila, cerca de la Avenida Icaria, con las obras de edificación de la villa olímpica a dos pasos.

Probé la experiencia de encender un pitillo antes de seguir: no me sentí peor que antes. Luego, busqué el camino más corto para llegar cuanto antes a la Central.

* * *

Si alguna vez hubo alguien que realizase una entrada triunfal en Jefatura, ese alguien fue Blasco aquella tarde. O noche, porque faltaba muy poco para las nueve.

Aparqué sobre la acera, mientras regresaban los mareos a mi cabeza. El poli de plantón esgrimió su arma en posición preventiva, llamando a los refuerzos. Asomé por la ventanilla y le dije quién era.

—Hay tres personas ahí dentro —añadí, señalando mi carga—. Uno está muerto. Avisad a Galíndez; él sabe de qué va el rollo.

El resto fue como una seda. Es decir, declaraciones, explicaciones, preguntas y respuestas, repetición de la jugada y café policial a mansalva. Rutina, como lo llaman ellos. Hacia las doce me dejaron solo unos minutos en el despacho de Galíndez y confieso que me quedé traspuesto sin mucha dificultad. Me despertó el deseo mingitorio, adornado con visos de urgencia. Demasiado café y demasiadas declaraciones. Salí al pasillo, en busca del servicio; hice lo que se terciaba y al volver al despacho, la figura amenazante de Galíndez se agitó al topar, casi, conmigo.

—¡Hostia, pensaba que te habías largado!

—Estaba vaciando la vejiga.

-Lo que tendrías que hacer es ir a que te viese un médico —dijo estudiando la herida de mi cabeza—. Eso no tiene buena cara.

—Gracias por recomendármelo cuando sólo llevo tres horas en esta casa.

—Lo primero es lo primero; tú lo sabes mejor que nadie. Bueno... —se frotó las manos—. ¡Esto ya está listo!

—¿El qué? —observé su alegría, sin entenderla.

—Pues... ¿qué va a ser? ¡Lo del chiflado, los regalitos y los fiambres!

—¿Quién? ¿Sisqués? ¿Piensas que Sisqués montó todo ese Cristo?

—¡Anda ése! ¡Si hasta pareces sorprendido!

—A ver, díme, ¿Sisqués ha confesado que fue él quien se cargó a Millán, a Domínguez, a...?

—No ha podido confesar anda, porque lo tuvimos que llevar al Clínico por lo del brazo; y su parienta sigue roque. Pero con los datos que tú nos has dado y después de que le apliquemos una buena sesión...

—¡No jodas, Galíndez! —me sentí maravillado por tanta estupidez e irritado al mismo tiempo—. ¿De veras crees que ese tontolaba mandó los sombreros, los vestidos, las bolas de billar...? ¿Es posible que...?

—¡Bien que liquidó a Riesgo! ¿O no?

—Ese todavía era más tonto que Sisqués.

¿Y a ti? Te iba a dar pal pelo...

—Yo también soy muy memo cuando me lo propongo.

—En eso te doy la razón. Nunca dijiste mayor verdad —sonrió.

—En fin, que según tú, caso concluido...

Le vi tan soberbiamente engreído, tan incapaz de atisbar dos palmos más allá de sus narices, que opté por dejarlo como imposible. Ya se llevaría el chasco tarde o temprano.

—Estoy para el arrastre —dije—. Me voy.

—Eso, descansa. Mañana te llamaremos.

—¿Para qué?

—Para lo del careo.

—¿Un careo? ¡No me digas!

—Pues claro. Tú y Sisqués vais a veros las caras, como hay un Dios en el cielo.

—¿Hay un Dios?
—Mira, no me toques los bemoles.
—Pero en serio, Galíndez, ¿qué significa esa idiotez de un careo?
—De alguna forma hemos de hacer encajar los detalles, ¿no?
—Encajar detalles..

Me sentí algo más mareado que durante los últimos minutos. El artífice del carajillo me señaló la cabeza.

—No seas tonto y pásate por el Clínico.
—No hace falta. Me dirán que tengo un shock...

VEINTIDOS

—Se lo repito por última vez —dijo Domínguez—: nuestro contrato queda sin vigor. No quiero que siga trabajando para mí. Por lo que a mi respecta, el asunto está liquidado.

Traté de atisbar el sol por la angosta ventana de su despacho de la Avenida de Roma, pero el edificio vecino cercenaba cualquier expectativa semejante con su mole de cemento. Domínguez también permanecía en pie, junto a la mesa, obstinado en su decisión y al borde de la pataleta, como un niño malcriado. Mi occipital presentaba un pulcro apósito que yo mismo apliqué por la mañana, tras ducharme; la herida sólo me dolía cuando pensaba. Y ahora lo estaba haciendo.

—Tengo la sensación de que todo el mundo ha perdido el juicio —dije—. Y usted perdone la alusión.

—¿A qué se refiere?

—La policía, usted mismo... ¿Cómo hacerles comprender que Sisqués no mató a todas esas personas? Lo suyo no tiene nada que ver con esa parte de la historia. ¡El asesino sigue tan fresco, como el primer día!

—¡Me da igual! —se dio cuenta de que había gritado como un energúmeno y su cordura de agente de Bolsa le hizo volver al redil—. Perdone, pero insisto: me da igual. Yo... tengo más razones que nadie para cortar con todo.

—¿Razones?

—¿Le parece poco lo de mi madre? He descubierto que hacía chantaje a ese hombre y no puedo sentirme orgulloso por ello. Vamos, me parece a mí. No puedo culparla porque... quién sabe lo que haríamos todos en un caso como el suyo; pero de ahí a seguir hurgando en la herida... ¡ni hablar! ¡Bastante jarana organizarán los periódicos cuando sepan la noticia!

—Así, si no entiendo mal, prefiere usted que un criminal se salga con la suya, con tal de que la opinión pública deje de molestarle a usted y a su prestigio familiar.

—Exacto. Y creo que cualquier persona bien nacida haría lo mismo.

—Yo no sé si soy bien nacido y lo que es seguro es que no pertenezco a su familia. Pero de todas formas, voló un pepino mortífero sobre mi cabeza y sobre la de la mujer que me acompañaba que, para más inri, ni siquiera es de mi oficio. ¿Eso tampoco significa nada para usted?

—Siento lo de su acompañante. En cuanto a usted, le compensaré como crea conveniente.

—Dinero, claro. ¿Utilizará el mismo que descubrimos bajo el colchón de su madre?

Tenía un bolígrafo entre los dedos y lo partió al oír mi comentario.

—Eso no ha sido muy elegante por su parte —dijo.

—Tiene razón. Es que a veces me olvido de la imprescindible elegancia. Sobre todo después de haber visto a media docena de cadáveres, haber sido tiroteado varias veces y tener el cuerpo lleno de cardenales. Le pido con toda humildad que no me lo tenga en cuenta.

—Su tono es insultante —me dio la espalda.

—Eso va unido a la falta de elegancia. De nuevo perdón —me aproximé a la mesa—. Déme su número de NIF para enviarle la factura, por favor.

Remoloneó unos instantes, como si en el último momento hubiese sentido un ramalazo de culpabilidad por su forma de despedirme.

—Después de todo... la policía está segura de que Sisqués organizó el plan...

—Dichosos ellos. Yo no estoy seguro ni siquiera de que lleguemos al invierno sanos y salvos. Su número, si es tan amable.

Efectuaba sus movimientos como al ralentí. Había nacido indeciso y así moriría. Buscó dentro de su chaqueta y extrajo algo del bolsillo: era su DNI.

—Tenga —dijo—. Es este mismo, añadiendo una W al final.

Tomé nota en mi agenda y, por puro acto reflejo, di la vuelta al documento y la fecha de nacimiento de Domínguez quedó ante mis ojos. Estaba por devolvérselo, cuando esa misma fecha me llamó la atención.

—Perdone —le dije—; tengo entendido que su madre pisó suelo español por primera vez el veinte de noviembre del cuarenta y seis.

—Pues... —meditó—. Sí, es posible. No recuerdo exactamente la fecha, pero...

—¿Sus padres se conocieron inmediatamente después de llegar ella de México?

—La verdad, no sé...

—Dispense la pregunta, pero, ¿nació usted precozmente?

—¿A qué se refiere? —se había quedado pálido.

—Antes de tiempo, ya sabe. A los siete meses o sin que se cumplieron los nueve habituales de gestación.

—Francamente, no sé con qué me sale usted ahora... —trató de coger su DNI, pero lo retuve en mi mano.

—Es que si no es así, si no fue usted un niño prematuro... y si sus padres no se conocieron tan pronto ella llegó a Barcelona, no me explico que usted pudiera nacer el dos de agosto de mil novecientos cuarenta y siete, ocho días antes de cumplirse los nueve meses... ¡desde que la señora Trecet bajó del barco mexicano!

—¿Ha tomado ya el número? —consiguió tirar del DNI, aunque con malos modos.

—¿No quiere responderme?

—¿Y qué quiere que le diga? —su acento crispado me daba a entender que acababa de pulsar algún mecanismo desajustado en su memoria personal—. ¿Cómo quiere que me acuerde de lo que pasó cuando yo estaba por nacer? ¡Es de locos!

—Dígame, entonces, la fecha exacta en que se casaron sus padres.

—Señor Blasco —caminó hacia la puerta—, tengo mucho trabajo.

—Es lo mismo. Encontraré ese dato sin ninguna dificultad.

—¡Usted no encontrará nada! —estaba definitivamente fuera de sí—. ¡Usted no seguirá metiendo la nariz en mi vida! ¡Se lo prohíbo! ¿Me oye?

—No puede. Mire usted, señor Domínguez, mi profesión es una de las pocas en las que el cliente no siempre tiene razón. Le mandaré la factura... cuando me haya ganado el dinero que usted me pagó. Tanto si le gusta como si no.

Abrí la puerta y salí, desoyendo su llamada perentoria mientras avanzaba en busca de las escaleras.

—¡Blasco! ¡Vuelva aquí! ¡Le denunciaré! ¡Blasco!

* * *

Era cuestión de encajar seis o siete piezas y el rompecabezas empezaba a tener cierto sentido. Pieza uno: el parecido físico entre Juan Albores y Néstor Domínguez, que en principio yo atribuí a una derivación de genes dentro de la familia de la Trecet. Pieza dos: la persona que recibió, atendió y estableció a Rosa Trecet en Barcelona, mucho antes que ninguna otra, fue su primo Juan. Pieza tercera: el desencanto y la amargura mostrados por Domínguez padre, al tratar del tema de su hijo. Pieza cuarta: el silencio significativo del mismo Domínguez padre, al preguntarle por los orígenes de su relación con Rosa («¡Si yo dijese un par de cosa...!», soltó en cierto momento de nuestra conversación). Pieza quinta: la reacción de Néstor Domínguez al comprender por dónde iban los tiros; sus mentiras repetidas, su forma de darme puerta, con histeria incluida.

Rompecabezas resuelto.

Y en ese rompecabezas, surgía la historia de un niño nacido del encuentro entre dos primos, de un padre postizo que se avino al arreglo, de una relación matrimonial que no podía durar, porque se cimentaba en el oportunismo y la utilización del más débil —en este caso Domínguez— y... ¿por qué no?, de una retahíla de crímenes que yo todavía no era capaz de justificar.

Si Juan Albores era el padre de Néstor Domínguez —y yo casi estaba convencido de ello—, tenía también todos los números para adjudicarse el título de asesino.

Llamé al piso de Albores en Río Rosas y no obtuve ninguna respuesta. Insistí, en vano. Pulsé luego el timbre de portería y poco después me abría un individuo con bigote de gallego, ojos enmorriñados de gallego y acento de gallego en sus palabras.

—He llamado al piso del señor Albores, pero no responde —dije—. ¿Le importa que suba?

—No, por mi... —me cedió el paso.

Subí, repetí la operación y el sonido del timbre interior no llegó hasta mis oídos. La corriente debía estar desconectada. «El pájaro voló» —dijo mi sexto sentido al resto de mis sentidos—. Descendí de nuevo hacia planta y eché un vistazo al buzón de Albores: tenía correspondencia acumulada. El portero supuestamente gallego me vio fisgar y, sin mucha prisa, llegó hasta mí.

—¿Qué...? No estaba, ¿verdad? —preguntó.

—No. ¿Eso es normal?

—Normal, normal... lo que pasa es que el señor tiene una casa fuera, en Sitges, creo; y a veces se queda allí varios días.

—¿Pero le vio usted marchar?

—No, yo no le vi.

—¿Cuánto tiempo hace que no ve al señor Albores?

—¡Qué sé yo...! Un par de días, a lo mejor.

Le mostré una tarjeta; mientras la leía, le dije:

—Soy detective privado e investigo un caso en el que el señor Albores se ha visto implicado. Él me conoce; estuve el otro día charlando en su piso. ¿Podría responderme usted a un par de preguntas?

Se rascó el cogote, ojeando todavía la tarjeta.

—Pues... supongo que sí.

—En primer lugar, ¿no tendrá usted la dirección de esa casa de Sitges?

—No; pero vamos, es una urbanización muy grande de las afueras, según creo. No puede usted tener mucha dificultad en dar con ella.

—El señor Albores vive solo, ¿verdad?

—Bueno…

—¿Qué?

—Solo, solo… no me atrevería a jurarlo. Es un hombre que se ve que ha corrido lo suyo. Yo le conozco de cuando aún vivía su mujer, que en paz descanse, y ya entonces… pero en fin, eso son chafarderías y no me gusta meterme en la vida de los demás.

—Y hace muy bien. Pero deduzco por sus palabras que Albores tiene alguna acompañante más o menos fija.

—Alguien hay; la he visto subir varias veces. Pero no quisiera que…

—Tranquilo; su información es confidencial y no la repetiré a nadie —la sensación que tuve cuando visité a Albores, de que en su piso se reflejaba el toque femenino, cobraba certidumbre—. Esa acompañante… ¿cómo la definiría usted?

—Mmm… joven, alta, con el pelo alborotado… Una guapa zagala, de veras. Muy puesta, no sé si me entiende. Aunque repito que no pondría la mano en el fuego sobre si esa chica… Imagínese, a lo mejor era una asistenta, o una enfermera… Oiga, ¿tiene usted mucha necesidad de dar con el Señor Albores?

—No lo sabe usted bien. Es cuestión de vida o muerte.

Se rascó de nuevo el cogote, como si se hallase ante una decisión de gran importancia.

—Podríamos subir y buscar esa dirección en su despacho, tiene un listín telefónico; yo se lo he visto más de una vez y…

—¡No me diga que tiene usted llave de piso!

—Pues sí; más que nada para echar un vistazo al gas y el agua, cuando él se va a Sitges. Siempre se queda más tranquilo si yo me aseguro después. Y como nos conocemos desde hace tantos años, hay confianza.

—Es usted muy amable —le hubiera besado, a pesar del bigote.

—Pues nada, espere un momento.

Volvió con la llave, cuando mis nervios empezaban a encabritarse sin freno alguno. Olía el final de la historia como un mal cocido casero. Subimos y al entrar en el piso nos acogió una casi completa oscuridad. El portero accionó el interruptor del contador y se hizo la luz.

—Ya es extraño que no me haya avisado de que se iba… —dijo.

Avanzamos por el pasillo; todo estaba tan en orden y cargado de pulcritud como yo lo recordaba. Ojeamos un par de habitaciones —dormitorio incluido—, mientras avanzábamos hacia la sala-comedor y el despacho. La cama estaba hecha y no había ninguna señal de alteración.

—Ese es el despacho —dijo el gallego, señalándome la puerta.

—Sí, lo sé.

—Vaya entrando usted, que yo mientras miraré las llaves del gas y el agua.

—De acuerdo.

—La agenda está junto al teléfono.

Abrí la puerta y entré. Fue uno de esos momentos en que todo en la vida deja de tener sentido y sólo te queda el recurso de echarte a llorar.

Juan Albores yacía sobre la alfombra, cerca de la estufa, con el torso semivencido hacia delante, rígido, muerto, largamente muerto, con horas y horas de invalidez definitiva en su piel y en sus músculos. La sangre que había brotado de la herida de su pecho ya no era más que un recuerdo seco, peliculado y granate, distendido sobre la pelusa de la alfombra. Descubrí enseguida el objeto con que le habían matado. Estaba junto a él: era un largo cuerno de toro, de los que se utilizan como adorno en aparadores y muebles de salón, uno de esos cuernos que tienen una punta terriblemente afilada. Sobre la mesa, a mi derecha, encontré otro cuerno idéntico. En el suelo, advertí la presencia de una caja-embalaje de cartón.

Dos cuernos de toro. ¿Título de la película? «El rey de los cowboys». De Keaton, faltaría más.

El brazo de Albores se dirigía, enhiesto y significativo, hacia algo que yo, debido a la penumbra en que se encontraba la estancia, no pude advertir inmediatamente. Me agaché. El punto donde señalaba el muerto era un lugar en concreto, sobre las baldosas, en que la serigrafía de las mismas formaban un signo internacionalmente conocido. No, miento, no era un solo signo; eran dos signos idénticos.

Albores había querido desenmascarar al asesino como última acción de su vida y tuvo la suerte de pillarme en un momento extrañamente receptivo. Son cosas que sólo pasan una vez de cada un millón.

Pero ahora, esta vez, había pasado.

Y yo acababa de dar con el enigma de la historia.

Oí pasos a mi espalda. El portero se acercaba por el pasillo.

—¿La tiene? —me preguntó, cuando yo salí a su encuentro—. ¿Dio con esa dirección?

—Sí, gracias a usted —cerré la puerta del despacho— Si le parece, podemos irnos.

VEINTITRES

Era un lujoso edificio de diez plantas, situado en las cercanías de la Clínica Dexeus, uno de los tramos más selectos del Paseo de la Bonanova y, por ende, de toda la ciudad. Un conserje con uniforme y guantes blancos me abrió la puerta del asensor e incluso inclinó levemente la cabeza cuando le dije a qué piso me dirigía y a qué persona quería ver.

En el séptimo, se acabaron los detalles versallescos para mí. Extraje la Llama de la pistolera, la situé junto al muslo derecho, con el brazo extendido, y llamé al timbre de la tercera puerta. No tardaron mucho en abrirme, aunque hubiese jurado que me observaron previamente por la mirilla. Alcé la pistola cuando la puerta se movió y dirigí el cañón hacia la persona que se recortaba al otro lado del dintel.

—Me ha costado horrores conseguir su dirección particular —dije.

—Me lo imagino. ¡Y eso que no soy más que un funcionario de segunda, dentro del consulado!

Mario Cruces, el ayudante del secretario del cónsul de México en Barcelona, me sonreía pacíficamente y sin atisbo alguno de nervios, desde su altura de pívot de baloncesto. Vestía un batín rosado, de seda, con el que aún se parecía mucho más a César Romero. Bajo el batín, aparecía una camisa blanca de cuello estrecho, una corbata azul con dibujos discretos y un chaleco color caoba. Sus pantalones, oscuros, tenían dos de las rayas más perfectas que yo recordaba, limitando sobre unos zapatos de piel-piel, relucientes pero nada ostentosos.

—Pase, por favor —dijo.

Entré con cautela, pipa en ristre, sin acercarme mucho a él. Cerró la puerta y señaló a mi «compañera».

—Me temo que no necesitará esa cosa para nada...

—Ya; pero vistas las circunstancias, la seguiré conservando.

Movió los hombros con elegancia. Mucha elegancia. Y tranquilidad. Parecía como si lo tuviese todo resuelto en esta vida y en parte de la otra.

—Cuando fallé al tratar de matarle —dijo—, supe positivamente que no me daría usted otra oportunidad. Por cierto, quiero que sepa que sentí tener que actuar así contra usted; no había nada personal en ello.

—Siempre es un consuelo. Te matan, pero al menos sabes que es para un buen fin.

Sonrió, mostrándome sus blancos dientes; me pregunté si serían auténticos, dada su edad. Si la respuesta era afirmativa, sería una respuesta casi insultante.

—De cualquier forma —dijo—, ahora ya no tiene importancia. Mi... mi *misión* ya está cumplida —quedó pensativo unos segundos—. Pero venga; será mejor que nos sentemos...

Caminó en busca de una puerta que comunicaba con el hall. Seguí apuntándole, por si las tretas. Aunque pensar que aquella especia de hidalgo de barbas canosas podía utilizar tretas, hubiese causado la indignación de un espectador desinterasado en el tema. Sin embargo, a mí no se me olvidaba que tenía frente a mí al causante de cuatro muertes violentas. Elegantes, lo admito, pero muertes a fin de cuentas.

Pasamos a lo que tenía todas las trazas de ser la biblioteca.

Gruesos tomos en ediciones antiguas llenaban los estantes, cubiertos muchos de ellos por puertas con cristaleras. Había óleos caros en las paredes, muebles mucho más caros repartidos aquí y allá y una mesa de trabajo mucho más cara, en la que cualquier dictador sudamericano se hubiese sentido en la gloria, firmando decretosley. La ventana, de alféizar bajo, permanecía semientornada. Cruces avanzó hacia la citada mesa, pero le detuve.

—Ahí, en el sillón —le indiqué uno.

Movió la cabeza en forma negativa, sin dejar de sonreír. Eché un vistazo a los entresijos del sillón, antes de que lo ocupara; me sentí ridículo. Cruces tomó asiento, pinzó las rayas de los pantalones con pulcritud y cruzó las piernas.

—Dígame una cosa —pidió—. Supongo que me ha descubierto gracias a esa foto de rodaje de «El moderno Barba Azul», en la que aparecemos Rosa y yo…

—No. Ignoraba que usted estuviese en ella. Fue Juan Albores quien le delató.

—No entiendo…

Apoyé la espalda en la mesa y saqué tabaco; es difícil encender un pitillo teniendo la mano derecha ocupada en sostener una pistola.

—Albores señaló una cruz en el suelo, cuando usted se fue. Cruz… Cruces… Y de repente até cabos. Y supe también qué era lo que me había parecido extraño en su coche, cuando usted me lanzó aquella granada: era un coche blindado, de cristales oscuros; un coche de diplomático, de personal de embajada o consulado, por ejemplo.

—Perfecto. Conoce usted su oficio.

—Y usted el suyo.

—He tenido mucho tiempo para prepararlo todo… —se sumió repentinamente en algo muy parecido a la ensoñación.

—Señor Cruces, ¿Néstor Domínguez es hijo suyo?

—Sí señor —alzó la perilla como para dar mayor énfasis a su afirmación.

—¿Y provocó usted la muerte de Rosa Trecet?

Se le transfiguró el rostro al oír mis palabras. La ofensa, los sentimientos heridos y el desprecio, afloraron en oleadas y todos en mi contra.

—Señor, olvidaré que ha dicho usted eso —mascó, en vez de hablar—. ¿Cómo se atreve a preguntarme una cosa así? ¿Provocar yo la muerte de Rosita, cuando era la única razón que yo tenía para vivir, el único amor de mi existencia…? ¡*Ellos* la mataron! Por eso lo hice.

—¿Cuánto tiempo lleva usted aquí, en Barcelona?

—Dos años.

—Pero habrá tenido algún contacto con la señora Trecet, durante todo ese tiempo, desde lo de aquella película, en el cuarente y seis...

—Ningún contacto. Me costó mucho llegar hasta aquí. Yo soy un hombre del pueblo, señor. Y cursar la carrera diplomática es sumamente dificultoso en nuestro país. Yo hubiese podido venir antes, pero...

—Ahora el que no entiendo soy yo. Volvamos al rodaje de «El moderno Barba Azul», si le parece.

—Eso... casi es historia antigua.

—Me encantan los recuerdos del pasado.

Se retrepó en el sillón, sin perder su compostura. Golpeaba rítmicamente y con delicadeza sus labios con el canto del dedo índice de su mano derecha. Las imágenes de aquellos días regresaron poco a poco a su mente.

—Vivíamos en la misma calle —dijo—. Rosita y yo se puede decir que crecimos juntos. Y teníamos los mismos gustos, las mismas inquietudes, la misma esperanza en el futuro. Un futuro llamado cine... Recorríamos los estudios como un par de chamacos, cuando apenas levantábamos un metro del suelo. Queríamos trabajar en ellos como fuera y de lo que fuera. El Churubusco, el Textlan... todos los de la cpaital.

Nos hallábamos a prueba en la productora Alsa, cuando supimos que Keaton venía para rodar una película. ¡Esa noche no dormimos, señor! ¿Se imagina? ¡Buster Keaton, uno de nuestros ídolos más adorados! ¡Una leyenda viva del cine, trabajando entre nosotros! Pero justo en esos días, a Rosita empezaban a presionarla los suyos, llenándole la cabeza de ideas raras respecto a mí, que si era un chico raro, que si no le convenía... Yo notaba cómo, día tras día, ella se distanciaba más y más de mí. Pero la quería... ¡cómo la quería! Y ella a mí, aunque entonces Rosita no fuese capaz de reconocerlo.

Así que opté por una medida de fuerza, señor; porque presentía que la iba a perder. No me avergüenzo de admitirlo, ya que pensaba cumplir con mis obligaciones de caballero de honor. Pero tenía que actuar y deprisa. Y una tarde, después del rodaje, me encontré con Rosita y... pasó lo que yo buscaba. Ahora ya era mía para siempre. Ahora, nadie podría interponerse entre los dos. Llevaba mi semilla dentro de ella.

Después, la llevé al camerino de Keaton y le hice jurar, por el respeto que nos merecía esa gran persona, que nunca me abandonaría. Keaton no entendía nada, como es lógico; nos conocía por habernos visto en el rodaje, pero no hablaba ni una palabra de castellano. Reía y reía... como nunca nadie lo vio reír en una película, señor. De todas formas, algo debió barruntar, cuando incluso nos bendijo en un simpático simulacro de ceremonia religiosa.

Rosita se fue y ya no la vi más... hasta ahora, al cabo de los años. No volvió a los estudios y en en su casa no querían darme razón de ella. Cuando supe que había embarcado para España, con objeto de encontrarse con su primo, ya no había nada que hacer. Yo no tenía medios económicos para emprender un viaje semejante. Discutí con sus padres y me echaron poco menos que a patadas de su casa, llamándome loco y asegurando que si Rosita se había marchado era por miedo a mí. ¡Miedo a mí! ¿No es absurdo?

«No, no era muy absurdo —pensé yo—. Viola a la chica, le hace jurar delante de un extraño que nunca se apartará de él y encima se extraña de que le tenga miedo». Cruces seguía con su monólogo.

—Rosita había faltado a su promesa y ese hijo era carne de mi carne —dijo-. Nunca la culpé a ella, que conste; era joven y estaba mal aconsejada. Pero los que la indujeron a huir debían pagar por el crimen. Ni yo, ni el señor Keaton, merecíamos esa traición.

Me fijé una meta. Estudié, trabajé y me sacrifiqué como pocos. Estaba seguro de que, tarde o temprano, pasaran los años que pasaran, Rosita y yo volveríamos a encontrarnos y seríamos todo lo felices que entonces no nos dejaron ser. Y así corrió el tiempo. Me casé, tuve varios empleos, prosperé e incluso pude venir antes a España, pero algo me decía que no era el momento justo. Supe que había llegado ese momento cuando el Cuerpo Diplomático me designó para el consulado de México en Barcelona —yo había seguido la carrera desde el sesenta y ocho—. Miré el calendario y me dije: «Precisamente cuarenta años después, en el ochenta y seis». ¿Comprende, señor? ¡Era el destino, sin duda!

Yo estaba como fascinado por su relato. Eran las palabras y razonamientos de un loco, envueltas en la apariencia de alguien que podía pasar por el más cuerdo de los mortales.

—¿Y qué ocurrió cuando habló usted con la señora Trecet? —pregunté.

—Me sentí desolado. ¡Cuatro decenios más tarde, seguía teniéndome miedo! Pero no, entendí muy pronto que tales sentimientos seguían siendo producto de la gente que le rodeaba, de los que se habían aprovechado de ella a lo largo de tantos años. Y ya no me cupo ninguna duda sobre cuál debía se mi misión.

—Matar.

—Eso no lo busqué yo, señor. Pero una promesa es una promesa. Y como Keaton era el personaje ofendido, tanto como yo, decidí actuar como él mismo hubiese actuado.

—No me consta que Keaton se hubiese avenido a matar de esa forma.

—Eso, con todos los respetos, señor, no es usted nadie para decirlo —volvió a mirarme como si me perdonase la vida.

—De acuerdo. No voy a discutir con usted —hundí el pitillo en el cenicero de sobremesa—. Estábamos en que decidió liquidar esos estorbos...

—Sí. A Domínguez por suplantar mi puesto, prestándose a esa burla grotesca de hacerse pasar por el padre de mi hijo. A Millán por tratar de convertirse en el marido de Rosita. Y a Juan, por haber maquinado la separación entre Rosita y yo.

—¿Y a su hijo? ¿Por qué le mandó el sombrero?

—Ante mi hijo yo me descubro, señor. Era una forma —mi forma de saludarle desde el cruel anonimato que me veía obligado a guardar; de decirle que siempre estuve junto a él, aunque por desgracia tan sólo en el pensamiento. No espero que lo entienda usted, pero...

—¿Y el otro sombrero, la chistera que recibió Miguel Jové? ¿Qué daño le había causado mi amigo?

—Ninguno, pero era un peligro.

—¿Un peligro?

—Verá usted, si es tan amable de tomar ese libro de tapas amarillas situado en el segundo estante... —señaló el lugar preciso en la biblioteca.

Cogí el libro. Era un ejemplar de la obra sobre Keaton publicada por Jové.

—Mire en la bibliografía de las últimas páginas —dijo Cruces.

Lo hice.

—En la C de Cruces —detalló el mexicano—. «La huella de Keaton». Yo soy autor de ese libro, publicado en México.

Era cierto. Me maldije por no haber pensado en ello mucho antes.

—Jové, como buen especialista en el tema —siguió explicando Cruces—, sabía de la existencia de ese texto e incluso tenía un ejemplar del libro en su poder. Como es lógico, en él yo hacía constar mi participación y la de Rosita en el casting de «El moderno Barba Azul». Pues bien, tras la publicación del libro de Jové, parece ser que él se dio cuenta de ese dato y, todavía no sé de qué forma, supo que yo residía actualmente en Barcelona y también el puesto que ocupaba en el consulado.

Vino a verme y estuvimos charlando durante horas. Era un hombre inteligente, desde luego. Demasiado, para mis intereses. Me preguntó sobre ese rodaje en México y yo le hice prometer que guardaría silencio sobre la fuente de origen de tales informaciones, si bien le autorizaba para incluirlas en una posible segunda edición de su libro. Le hablé del modesto trabajo de Rosita y mío en la producción, pero me temo que no acabó de creerme. Supongo que imaginó que yo trataba de... ¿cómo dicen ustedes...? Marcarme un farol, eso es. Yo, por entonces, ya me di cuenta de que corría un riesgo con él, pero me resistía a utilizar la fuerza para resolver el problema...

Medité sobre lo que decía Cruces. Jové debió acudir a Domínguez, para saber si el dato de Cruces era cierto, y cuando yo estuve en su casa, a pesar de intuir que algo raro se cocía, mantuvo su promesa y no me habló del mexicano. Claro que luego le debió picar la curiosidad, sobre todo por el asunto de la chistera y se decidió a llamar a Cruces.

—Jové debió sospechar que era usted quien le mandaba la chistera —dije, retornando de mis pensamientos.

—Sí, lo sabía. Pero ya era tarde, porque, yo había iniciado mi plan. Y el primer paso de ese plan era eliminar los riesgos de que antes le hablaba. Jové podía enlazar los hechos, hablar a la policía de mí, cuando empezasen a caer los peones que yo tenía previstos... Me llamó, diciéndome que había recibido la visita de un amigo suyo detective y pidiéndome explicaciones por varias cosas que no entendía. Fui a verle y... No sentí ningún placer en matarle, se lo aseguro. Fue una víctima no buscada, como usted mismo. Sólo que usted fue mucho más listo.

—Sí, listísimo. ¿Cómo se las arregló para acabar con Domínguez?

—No tuve ninguna dificultad. Era un pobre hombre, en todos los sentidos de la frase. Mire usted, le diré que incluso me daba lástima. Tras mandarle la locomotora, le telefoneé haciéndome pasar por el notario que llevaba los asuntos de su ex mujer. Le dije que aquella locomotra perteneció a Rosita y que tenía un gran valor para coleccionistas. Añadí que ella, en su testamento, había decidido cedérsela a él, además del resto del tren, que había estado reparándose en unos talleres particulares y que ahora, por fin, era devuelto a su propietaria. Como Rosita no seguía con vida, esa supuesta joya pertenecía a Domínguez. Resumiendo, le cité para vernos en la consigna de la estanción de Renfe de Cataluña, donde le haría entrega del paquete, llegado por vía ferroviaria.

—Y allí se lo cepilló.

—Tiene usted tendencia a las frases grandilocuentes —dijo, levantándose con sorpredente agilidad.

—También tengo algo de prisa —alcé de nuevo la pistola, por si las moscas.

—Sí, supongo que ha llegado el momento... —se quedó quieto en el centro de la estancia, pensativo—. Mire, déjeme decirle que no me arrepiento de nada. Creo firmemente que lo que iba a pasar estaba escrito...

—Muy bien, pero haga el favor de volverse a sentar.

—¿Qué hará usted?

—Llamar a la policía, desde luego —busqué el teléfono con el rabillo del ojo.

—No lloré cuando Rosita murió —pareció no haber oído mis palabras—. Esa sólo fue una cita fallida. En la próxima, seguro que no habrá mal entendidos. La pena es que... ninguno de ustedes lo verá —recitaba sus frases como un visionario azteca, comiéndose las eses y deslizando suaves trémolos al final de cada punto y seguido.

—Señor Cruces...

—El señor Keaton me ha saludado esta noche, mientras yo dormía. Él está de acuerdo. Dice que no ve el momento en que todos, los tres, volvamos a reunirnos. Porque él está *arriba,* con los grandes. Y Rosita también. Sólo falto yo —y perdone la inmodestia, señor.

Temí algo, pero no sabía exactamente qué. Vi que procedía a liberarse del batín y que lo depositaba perfectamente doblado sobre el sillón desde donde me relató la historia. Hice rodar mis ojos por la estancia en busca de su chaqueta, pero no la vi en ninguna parte.

Ese despiste fue faltal. Para cuando volví a centrar la visión en Cruces, él ya estaba junto a la ventana. Abrió los portalones hasta el límite, se llevó la palma de la mano derecha a los labios en señal de despedida y, mientras descolgaba las piernas hacia el vacío, dijo:

—Dígale a Néstor que le quiero mucho.

Corrí hacia él, pero su imagen era ya un simple recuerdo sobre mi retina. Cayó desde los siete pisos de altura hasta la calzada, sin un solo grito. Le vi abajo, sus brazos y piernas convertidas en aspa, inmóvil sobre el asfalto.

Recordé que aquel gesto suyo con la mano era idéntico al que utilizó Keaton en muchas películas, al despedirse trágicamente del mundo. ¿Se podía escoger una forma de morir más coherente?

VEINTICUATRO

El resumen de los hechos y las conclusiones a que tuvimos que doblegarnos los que habíamos intervenido de una forma u otra en los mismos, no se aplacó y quedó listo para las acciones legales hasta mediada la tarde del domingo.

La policía exprimía la historia hasta donde ya no era posible sacar ni una micromillonésima gota de jugo; Galíndez se sentía herido en su orgullo profesional, al tener que admitir que Sisqués era caso aparte en la trama; me retuvieron la licencia por no informar del hallazgo del cadáver de Albores, tan pronto lo descubrí —no me importaba demasidado: otras veces he lidiado con ese problema y siempre obligué a bajar del burro a los de Jefatura—; Domínguez me retiró la palabra y dijo que no quería ni oír hablar de la simple factura —peor para él, ya que quedaba un remanente de tres mil doscientas catorce pesetas a mi favor—; los medios de comunicación no dejaron de dar la paliza ni un solo instante y el mismo domingo, a las doce del mediodía, llegaba la viudad de Cruces, una mexicana cincuentona con un par de ojos idénticos a los de María Félix, dando muestras de estar más despistada que una ternera en el centro provincial de plantas crasas.

Las palabras «loco», «paranoico» y «esquizofrénico» empezaron a correr de boca en boca, calificando el comportamiento de Cruces. ¿Mi opinión al respeto? Mi opinión es que cada vez me siento más maravillado al ver de qué forma la sociedad califica y da su opinión sobre lo que escapa a su limitado campo de conceptos y de justificantes sobre todo aquel que no se rige por las normas establecidas.

Y si alguien piensa que le doy la razón a Cruces, es que tampoco ha entendido nada.

Pero lo que a mí no me quita nadie de la cabeza, es que todo el asunto no fue sino una tremenda y desorbitada historia de amor. Y hablando de historias de amor, la mía en particular discurría por un camino poco recomendable. Con el trajín de los acontecimientos, no había vuelto a llamar a Laura. Y hoy ya estábamos a lunes. Me movía inquieto por mi despacho, sabedor de que estas cosas no pueden dejarse consumir, o acaban con un resentimiento que conduce a un callejón sin salida.

Eran las once y cuarto y mi cenicero estaba lleno. Hacía veinte minutos que acababa de extraer el último hilo de cabello de ángel de mi ensaimada matutina, del resquicio situado entre el segundo y el tercer premolar. La mañana no me ofrecía mayores alicientes. Estaba dudando entre encender el último «Sombra» de la cajetilla o iniciar el crucigrama en catalán de «La Vanguardia» —que se me resiste horrores—, cuando el timbrazo telefónico hizo descolgar la pierna que tenía cruzada sobre la otra y mascullar un taco por la subida imprevista de adrenalina.

—Jaime Blasco, investigador —dije.

—Laura Rius, mujer abandonada.

—¡Laura!

—Te quiero, amor mío. Te quiero por gritar mi nombre de esa forma.

—Laura, si supieras... si...

—Calma; calma, pequeño.
—He tratado... he querido.. Yo...
—Luego me lo cuentas, ¿de acuerdo?
—Yo pensaba que...
—Eso es lo malo: pensamos demasiado.
—Pero después de lo de la otra noche...
—Eres un crío. ¿Cuánto tiempo llevamos juntos?
—No sé. Un montón.
—Y todavía no nos conocemos.
—Me gusta que no nos conozcamos del todo. Así te puedo descubrir un poco más cada día.
Rió, ¡Dios, cómo había echado a faltar esa risa!
—Ahora vuelve a ser el Blasco que yo frecuento, señor mío —dijo. He leído algo sobre ti en los periódicos.
—Mentiras. Pago los impuestos como todo el mundo. Bueno, como todo el mundo que paga los impuestos.
—Lo de Keaton... ¿ha terminado?
—Sí.
—¿Y qué tal?
—Cinco muertos y varios heridos de menor consideración. Yo también me siento un poco herido. O muerto, puestos a confesar.
—Esa es otra de las razones por las que te quiero. Tienes que contármelo.
—Trataré de arreglarlo, para que no asome la parte macabra en la historia.
—No mucho. Me gustan las cosas fuertes.
—¿Cuándo?
—¿Cuándo... qué?
—¿Cuándo te lo cuento?
—¿Podrías pasar a buscarme sobre las cinco, a la Maxwell?
—A las cinco no me quedarán uñas que morderme.
—Utiliza las de los pies. No son tan higiénicas, pero a cambio contienen más sustancia.
—Así lo haré.
—Jaime...
—¿Sí?
—Estuve pensando...
—¿Tú también?

—Calla y no interrumpas. Estuve pensando en aquella especie de deseo oculto que me confesaste en el restaurante.

—¿El de la cena con la señora y el sorpresivo descubrimiento del dedo gordo de mi pie derecho, sobre algunas rendijas desconocidas por mí hasta entonces?

—Ese mismo.

—¿Y qué?

Pausa dilatada.

—¡Habla de una vez, mujer!

—Pues... yo, candelabros para la mesa no gasto. Pero si para el caso te fuese igual un par de simples y caseras bombillas de sesenta watios...

TÍTULOS

1. BUSTER KEATON ESTÁ AQUÍ, por Eduard José.
2. LA INTENTONA DEL DRAGÓN, por Fernando Martínez Laínez.
3. EL MÉTODO FLOWERS, por Pgarcía.
4. LOS CRÍMENES DEL SANTO NIÑO JESÚS DE PRAGA, por J. Ignacio Ferreras.
5. BAR BABILONIA, por Julián Ibáñez.
6. DELIRIOS Y CUENTOS DE TERROR Y MISERIA, por J. Manuel Briones.
7. LOS AMIGOS MUERTOS, por Marcos Suárez.
8. ENCIÉNDELO OTRA VEZ, MUÑECA, por Blanca Álvarez.
9. CHILOTES CON ISABEL II, por Manuel Cabrera.
10. ESTIGMA, por Manuel Quinto.
11. TESIS MORTAL, por Raúl Herrero.
12. LOS COMUNICADOS DEL LOBO, por Manuel Blanco Chivite.

Ante la carencia editorial que ha desterrado de nuestras librerías a las novelas que hemos llamado siempre de la serie negra, creimos que era necesario lanzarnos al riesgo, y también a la aventura, de editar nuevos libros de este género.

LUNA NEGRA publicará una novela por mes y se propone acoger en sus páginas, no solamente a los autores ya consagrados en este género, sino a los nuevos valores que vayan surgiendo en este azarado viaje de la creación y la publicación.

DIRECTOR DE LA COLECCIÓN: Juan Ignacio Ferreras.
CONSEJO EDITORIAL: Manuel Vázquez Montalbán, Juan Madrid, J.M. Briones, Isabel Matilla, Antonio J. Huerga, Fernando Martínez Laínez y Bonifacio Cadierno.

SUSCRIPCIÓN A
LUNA NEGRA

(12 títulos): 8.000 ptas

Nombre ....

Apellidos ....

Domicilio ....

C.P. .... Teléfono ....

Localidad ....

FORMA DE PAGO

☐ Contra reembolso al recibir los cuatro primeros títulos.
(Adjuntar Boletín de Suscripción)

☐ Cheque nominativo a favor de:
Ediciones Libertarias, S.L.
C/ Rafael de Riego, 28, 4º, Izq.
28045 MADRID
(Adjuntar Boletín de Suscripción)

☐ Transferencia bancaria a:
LA CAIXA
Ag. 2136 - Pº DE LAS DELICIAS, 5
28045 MADRID
C/C Nº 1222.47

(Enviar justificante y boletín de suscripción)

Buster Keaton está aquí
acabó de imprimirse en Madrid,
sobre papel offset Loyal ahuesado
de 80 g/m^2 de *Sarrió, S.A.*, en
Talleres Gráficos Peñalara, S.A.,
el día 4 de diciembre de 1991,
estando al cuidado de la edición
Sagrario Fierro Madrid y
Antonio José Huerga Murcia, **editores.**
Encuadernándose en cubiertas
de 260 g/m^2 de color blanco en
Perellón, S.A.

F I N I S C O R O N A T O P U S

S.A.
Tfno: 532 7[illegible] Fax: 531 83 58
C/ Libertad, 7, 3ª dcha.
28004 Madrid
CIF: A-28872992